바람집 사람들

바람집 사람들

초판발행일 | 2023년 5월 19일

지은이 | 김미영 외
펴낸곳 | 도서출판 황금알
펴낸이 | 金永馥
주간 | 김영탁
편집실장 | 조경숙
표지디자인 | 칼라박스
주소 | 03088 서울시 종로구 이화장2길 29-3, 104호(동숭동)
전화 | 02)2275-9171
팩스 | 02)2275-9172
이메일 | tibet21@hanmail.net
홈페이지 | http://goldegg21.com
출판등록 | 2003년 03월 26일(제300-2003-230호)

ISBN 979-11-6815-048-5-03810

바람집 사람들

황금알

미루나무 가지 위에 아슬아슬 바람집 한 채
저기선 무슨 일이 있었던 걸까?
주둥이 노란 생명들은 제 길을 떠났을까?

땅을 뚫고 올라오는
부끄러움과 설레임으로
시작합니다

배움을 즐거움으로 삼고자 하는 동기들의 바람이
바람집에 머물며

바람집사람들 대표 김미영

차 례

이승은

2022년 아일리쉬커피와 함께하는 박물관의 오후

이승은

한해가 다 저물어가는 끝자락에 선생님 만나 뵈어서 정말 반갑습니다. 지난 계절을 어떻게 보내셨습니까?

안녕하세요? 반갑습니다. 제가 코로나가 시작되던 해였던 2020년에 오늘의시조시인회의 의장직을 맡아 2년간 일을 하느라 해외에 사는 아이들을 만나지 못했습니다. 올해, 자녀들을 만나러 간 일이 가장 큰 보람이었지요.

　지난여름 석 달을 아일랜드와 독일에서 지냈어요. 관광지를 찾아다니기보다는, 사람 사는 모습이 보고 싶어서 더블린의 골목골목을 누비고 다녔습니다. 초록우체통과 노란색 2층 버스, 빨간 담쟁이와 푸른 하늘, 그리고 양털 같은 뭉게구름… 다섯 빛깔이 선명한 도시지요. 아침마다 앞마당에 새들이 찾아오니까 빵조각을 미리 던져놓습니다. 식솔을 거느린 열댓 마리가 즐거이 한 끼 식사를 하고 갑니다. 사람살이와 다를 게 없지요. 아, 그리고 감자 눈을 잘라서 다섯 군데 심어 놓고 떠나왔는데, 얼마 전 캐어 보니 제법 알이 굵었다고 아이들의 들뜬 목소리가 날아왔습니다.

"나, 이제 가련다"를 속으로 읊조리며, 예이츠의 시로 유명한 '이니스프리' 호수섬도 건너보고요. 중세도시 '킬케니'도 다녀왔는데, 1300년대에 세워진 교회와 4~5백 년이 넘는 건물이 지금 시대의 사람들과 함께하더군요. 느리고 오랜 시간여행을 했습니다.

현재 딸 가족이 사는 독일의 비스바덴은 첫 방문이었는데 마인츠성당의 규모가 어마어마했습니다. 인근의 프랑크푸르트 시가지의 오래된 건물과 그 사이의 작은 카페 길을 걷고 걸었습니다. 시장, 학교, 가게도 들러보고요. 특히 라인 강변의 민속품 '반짝세일'은 눈 호강과 함께 멋진 추억의 시간이었죠.

손자손녀와 눈빛 나누고, 함께 음식을 먹고… 피붙이와 부대끼며 사는 것이 으뜸의 행복이며 '살아있는 시'라는 것을 새삼 또 느꼈답니다. 항상 자녀 집을 방문하면 그 지역의 일상들을 작품으로 수렴하곤 했는데 그동안 발표했던 「워싱턴일기」「볼티모어의 시간」「더블린 안부」「하와이 하와 유」「텍사스 시편」처럼 연시조를 이어서 발표했듯이 이번에도 「비스바덴 일기」라는 큰 제목 아래 작은 제목을 붙여 세상의 이야기들을 정리하고 있습니다.

아, 그리고 귀국 후 지난가을엔, 10년 가까이 제주를 다니면서 쓴 시조를 정리해서 『시와문화』에 특집을 엮었습니다. 저에게 제주는 남다릅니다. 이제는 다시 뵐 수 없는, 고故 백수 정완영 선생님을 모시고 여러 차례 제주 쪽과 서귀포

행사에 다녀오곤 했지요.

이승은 선생님께서는 언제 등단하셨는지, 등단 시조는 어떻게 세상에 나오게 되었는지 알고 싶습니다.

저는 1979년 시월 개천절, 경복궁에서 개최한 민족시대회(백일장)에서 장원으로 뽑혀 등단하게 되었습니다. 마치 과거시험 보듯이 근정전 품계석에 줄을 맞추고 앉아서, 집행부에서 나눠 준 종이에만 글을 써야 했지요. 시제는 박정희 대통령께서 내려주셨습니다. 당시 대통령께서 시조 부흥에 관심이 많았던 것으로 압니다. 「한가위」라는 제목이었는데 43년이 지난 지금도 그때의 기억이 생생합니다. 예선을 거쳐서 본선에 뽑힌 문청들이 모여들었는데 정부에서 지방 출신들에게는 차비와 도시락을 제공했던 기억이 납니다. 그때 오승철 시인께서도 현장에 있었다고 합니다. 먼발치에서 상을 받는 하늘색 투피스의 저를 봤다는데… 22살의 아가씨적 이야기네요. 요즘의 신춘문예나 문예지 투고처럼 오래오래 공을 들여서 보내는 작품이 아닌, 현장에서 정해준 시간 안에 써서 제출해야 하는 것이니, 제가 순발력은 있었던 게 분명합니다. 그렇게 치러지는 백일장작품은 조금 덜 다듬어졌어도 날 것의 신선함과 순수함은 있지요.
70년대의 백일장이나 신춘의 작품들은 애국애족, 통일, 반공사상이 함축된 것이 주류였어요. 「한가위」 작품 역시 우리 민족의 은근함과 긍지, 내일의 꿈을 노래한 작품입니다.

지금은 원로이신 이상범 선생님께서 그때 사회를 보셨던 것으로 기억이 나는데요, 제 말을 들으면 후학 여러분들은 '호랑이 담배 피던 시절' 얘기라고 할 것 같습니다(웃음).

'80년대 앤솔로지'시선집 2권을 내신 것으로 압니다. 저희들도 곁에 두고 공부하고 있는데 대선배님들의 문학 발자취를 듣고 싶습니다.

80년대는 시조 부흥의 시발점이었습니다. "오류동인"과 "80년대 시조동인"이 결성되었지요. 오류는 10년을 끝으로 해산하였고, 80년대동인은 나중에 "열린시학동인"으로 이름이 바뀌었습니다.

처음의 발단은 이지엽 시인께서 열린시학의 전신인 '열린시조'를 창간하면서 박기섭, 이정환, 오승철, 정수자, 김연동, 오종문 시인 등이 편집위원으로 활동하면서 분기별로 편집회의를 했습니다. 지역을 돌아가면서 의기충전 했던 때입니다. 제가 대구에 내려가 살 때 열린시조 편집위원들이 내려왔는데 자연스러운 계기로 어울리게 되었지요. 등단이 79년, 가을이라서 사실상 활동 시기는 80년대였으니까요. 깍두기처럼(웃음) 저 역시 열린시조동인들과 시대의 역동기를 함께 건너왔습니다. 시조전문지를 창간하고 지금까지 이끌어 오고 있는 분을 비롯하여 시조의 정체성을 이뤄낸 세대들입니다. 몇 해 전 젊은 날의 그 시절을 그리워하는 몇몇 동인들이 의미 있는 작업을 해보자고 뜻을 모아 낸 시선집이 80년대 앤솔로지anthology입니다.

이제 보니 그 동인들이 '오늘의시조시인회의' 의장직을 다 맡게 되었네요. 그중에 두 분은 한국시조시인협회이사장으로 진출, 한국시조 발전의 기둥 역할을 해냈습니다. 각자 자신의 세계를 확고히 열어나가는, 색깔이 뚜렷한 동인들입니다. 저는 열외지만, 다들 열심히 후학을 길러내어 양적 질적으로 시조의 미래를 밝히신 분들입니다.

새롭게 동인지를 내게 되었습니다. 한국시조단에 '바람집 동인지'는 어떻게 자리매김해야 할까요?

'동인지'라고 하니 70년대 〈네 사람의 얼굴〉, 80년대 〈오류〉 〈80년대 시조동인〉 〈오늘〉, 90년대 〈역류〉 〈반전〉, 2000년대 〈21세기동인〉 〈한결시조〉 〈정드리〉, 2010년대 〈객〉 동인 등이 떠오르네요.

사실 저는 동인 활동 없이 작품 활동을 해서 잘 모르지만, 제 생각으로 동인의 바람직한 방향은 '함께'가 중요한 거 같습니다. 마음 맞춰 가는 게 우선일 듯합니다. 동인이란 서로 힘이 되는 사람들의 모임 아니겠습니까. 그리고 왜 동인활동을 하려 하는지 스스로 묻고 답을 찾아야지요. 서로 모여서 의견을 모아가는 게 필요하고, 또한 공통적인 이슈가 있어야 합니다. 서로 정보를 공유하고 각자 개성적인 시세계를 갖고 있어야 하지요.

스터디그룹의 차원으로 모임을 이끌어가다 보면 서로의

편차가 생길 수 있는데, 이해와 격려와 믿음으로 함께 해야 한다는 생각입니다. 발상이 다른 사람들 속에서 자신의 개성을 재발견하고 글쓰기의 긴장감을 견지할 수 있다는 큰 장점이 있지요.

동인 활동을 하시는 분께 장점을 물었더니, 서로서로 '페이스메이커'가 되어준다는 거랍니다. 모두가 주자이지만 때로는 페이스메이커이기도 해서 서로의 자존감을 지켜준다고 들었습니다. 어느 정도 시력이 쌓이면 아름다운 해체도 바람직하지만, 평생 가는 동인도 의미가 있지 않을까요.

등단 이후 선집 2권을 비롯하여 11권의 시집을 내신 것으로 압니다. 가장 최근의 시조집 『첫, 이라는 쓸쓸이 내게도 왔다』로 '문학나눔우수도서'로 선정되심을 축하드리며 그중에서 개인적으로 아끼는 시편을 하나만 소개해 주시길 바랍니다.

2014년 『얼음동백』 이후, 6년 만에 우수도서로 선정이 되었습니다. 문학상 못지않게 뿌듯한 마음이지요. 이번 기회에 다시 시집을 펼쳐 듭니다. 그러나 편편이 애틋하면서도 부끄럽습니다. 지금 마음에 실금으로 지나가는 작품 「나비 따라」를 옮깁니다.

양옆의 나무들은 그림자 어룽지는데 그 사이 고사목은 그지없이 꼿꼿하다
무량한 여름 햇살만 빈자리를 채우다니

민들레꽃 빼어 닮은 저 환한 노랑나비 물기 마른 가지 둘레
나붓이 날아든다
왜 이리 낯이 익는지 눈시울이 싸한지

어쩌면 홀로이나 두 번 다시 혼자 아닌 음 유월 스무이튿날
이리 먼 길 찾아와서
날갯짓 하염없도록 그늘 다 거두실 줄

딸의 딸을 품에 안고 나비를 따라가니 딸의 딸에 딸이라고
알아나 보는 듯이
서너 번 빙그르 돌며 눈높이를 맞추며

딸이 하와이에 살고 있을 때 찾아가서 쓴 작품이네요. 외
손녀 낳을 때였어요. 하필 그 기간 중에 어머니 기일이 있었
답니다. 하와이의 꽃나무들은 키가 크고 꽃 빛이 화려해요.
뒤뜰 너머 플루메리아 나무 중 고사목이 하나 있었어요. 기
일에 아기를 안고 나갔는데요. 양옆의 나무들은 꽃과 잎으
로 넓은 그늘을 드리우고 있는데 그 나무는 당연히 그림자
가 없었지요... 그때 나비 한 마리가 그 마른 가지 주위만 날
고 있는 걸 봤습니다. 어머니가 우리 곁에 찾아오신 걸 느꼈
지요. 지금도 그 나비의 날갯짓이 잊히지 않습니다. 이 작품
을 다룬 유종인 시인의 해설을 소개합니다.

삶과 죽음의 넘나듦과 거기에 따른 시인의 감회는 새삼스러운 듯 환한 풍경 속에서 오롯이 자연물로 환생하는 듯이 변신이거나 화신으로서의 나비의 존재를 시적 현현顯現으로 받아들이기에 이른다. 그늘진 행색이라고는 찾아볼 수 없는 "환한 노랑나비"를 통해서도 "눈시울이 싸한" 정감에 사로잡히는 화자의 속내엔 다름 아닌 "음 유월 스무이튿날"에 와서 유족들의 젯밥을 운감殞感하는 혼백으로서의 '나비'의 상징성이 자자하기 때문이다.

풍경으로서의 나비가 등장하는 자연의 실재와 생사고락을 소거하듯 짊어지고 떠난 망자의 상징이 하나로 갈마드는 환하고 밝지만 음예陰翳한 속내가 너나들이하는 듯한 '나비'는 영속과 소멸의 겹침이 아닐까. 피치 못한 존재의 숙명 중의 하나인 죽음의 순차란 나비가 "서너 번 빙그르 돌" 살고 죽음은 기계적인 질서보단 갑작스러움과 엄연함이 뒤섞인 돌발과도 같은 것이리라. 일찍이 장주莊周께서 설파한 '호접지몽胡蝶之夢'의 여울에 생각의 발을 담가보면 나비가 사자死者/使者일 수도 있지만, 한고비 그윽이 넘어 '소요유逍遙遊'의 자유혼自由魂으로 능노는 여지도 가능하다. 비록 이 시편에서는 고사古事의 기척이 완연하지는 않지만 생사를 자유롭게 한 얼이 당도해 "날갯짓 하염없도록 그늘 다 거두실" 그날의 간원懇願만큼은 시편 전반에 여실하게 배어 있다.

삶을 조망하는 일이 죽음을 숙고하는 일일 수 있고 죽음을 건너다보는 것이 삶을 오롯이 늡늡한 선처善處로 다독이는 마음자리일 수 있지 않을까. 이 시편은 그리로 가는 '나비'를 초대하고 또 좇듯이 따르고 있으니 생사가 각처各處가 아니라 도처到處의 넘나듦의 화해이자 대화의 눈빛 교환임을 가만히 알겠다.

'바람집'회원들이 선생님의 많은 작품 중에서 좋은 시조 한 편을 뽑았는데 '보광동 종점'이 최종 낙점되었습니다. 이 시를 쓰게 되신 배경이 궁금합니다.

제가 서울 용산구 보광동 출신입니다. 태어나서 만 27세 까지 자란 곳인데, 공교롭게도 보광동 출신의 남자와 결혼 을 하게 되어, 시댁마저도 보광동입니다(웃음). 결혼 후 한 동안 분가해서 살다가 다시 돌아와 몇 년을 살았지요. 벌써 십수 년 전의 일이네요. 지금은 종점이 없어졌지만 예전에 는 81번 시내버스 종점이었지요. '종점시장'이 있었고 그 주 변 노점에 1,000원 균일의 야채들이 즐비했던 시절이었습 니다. 지금은 많이 변했지만 종점 골목에 작은 우체국은 아 직도 남아있더군요. 시집을 부치고 적금을 들던 곳이었습 니다.

이를테면 제겐 고향이지요. 바느질이 싫어서 떡볶이를 팔 던 아주머니가 그래도 '옷수선'이 먹고살기에 낫다고 다시 재봉틀을 돌리던 그 가게가 생생합니다. 재개발은 아직도 이뤄지지 않았지만 한강을 조망권으로 가진 보광동이라 높 은 꿈은 남아있는 곳입니다. 이제는 한강 다리를 건너 강남 을 연결하는 버스들이 지나다니고 있지요. 보광동은 내 어 린 날의 웃음소리와, 젊은 날의 열정과 낭만이 살아 숨 쉬는 곳입니다. 이 작품을 중앙일보에 오승철 시인께서 리뷰했던 적이 있습니다.

허름한 건물들이 허름한 종점 길목 드리 없는 간판들이 드리
없이 걸려있다 각설탕 각진 설움을 풀어 내줄 찻집도 하나

플라스틱 바구니를 무더기로 널어놓고 천 원에 모신다는 난
전을 돌아 나오면 저만치 발꿈치 끝에 깔리느니, 천 원의 그늘

떡볶이 판 거둔 자리 재봉틀 얹혔다는 수선집 여인네의 수선
한 살림 걱정에 덩달아 맞장구치듯 선풍기도 끄덕대고

부동산 문지방보다 발길 뜸한 우편취급소 시집 몇 권 부치려
고 건널목을 지나는데 '재개발 용산3구역' 후광으로 펄럭인다
　　　　　　　　　　　　　－ 이승은, 「보광동 종점」 전문

　종점은 언제나 '설렘'과 '불안'과 '분주함'을 안고 있다. 막다
른 곳에 이른 막다른 느낌, 그것은 막막한 정신의 바닥을 온전
히 드러나게 한다. 갈 곳 없는 사람들이 마지막으로 당도한
곳, 삶의 종착역에 밀려온 사람들이 모래톱처럼 쌓여 사는 자
리.
　시인의 시선이 머문 '보광동 종점'은 인생이란 무시무종無始
無終, 끝이자 시작인 동시에, 시작도 끝도 없는 삶의 현실 인식
에서 비롯된다. 찻집-난전-수선집-우편취급소를 파노라마로
훑고 지나는 어안魚眼렌즈처럼 시인은 풍경의 안팎을 들여다
본다. 하지만 시집을 부치러 가는 우편취급소 건너편에 후광
으로 펄럭이는 재개발 안내 현수막은 종점이 새로운 시작임을
알려준다.
　표현 면에서도 시인이 농처럼 던지는 능란한 수사修辭가 시
의 탄력을 더해준다. 첫수의 '건물들이'와 '드리 없는'의 발음의

유사성, 셋째 수의 '수선한 살림'과 '수선집'의 동음이의어를 바탕으로 한 언어유희와 각 수마다 동음어의 반복을 통한 리드미컬함이 그러하다.

'보광동 종점'은 기실은 손금처럼 얽힌 일상을 살다가 우리가 이르게 되는 도처가 종점이라는 것을 환기한다.

이렇듯 삶의 풍경을 진솔하게 들여다보며 시조의 징검다리를 놓는 시인. 삼십 년 넘는 시력에 걸맞게 시조의 빗장을 열고 지를 줄 아는 그를 이 시대의 시인의 자리에 앉힌다.

작품을 쓰다가 막히면 어떻게 하시는지요. 시조를 쓰는데 염두에 두고 있는 어떤 원칙이 있으신지요?

제가 백일장 출신이라 그런지 아무래도 현장감이 있는 편입니다. 대체적으로 작품이 한순간 혹, 하고 들어오는 편인데 중간에 막히면 그냥, 생각 밖으로 슬며시 빠져나옵니다. 좀 더 젊은 날에는, 자유시인들의 시를 읽으면서 소재의 채택과 사유의 전개 과정을 살피곤 했는데, 요즘은 문밖을 나서지요. 전국적으로 이름이 난 망원시장이 집 가까이에 있는데, 건너편 월드컵시장까지 한 바퀴 돌고 나면 많은 생각들이 가지를 치곤해요. 치열한 서민들의 살아 움직이는 몸짓과 목소리에서 오늘을 배우고 겸손한 힘을 얻습니다. 때론 한강 변을 걷기도 하는데, 조선시대 때 이곳은 '마포나루'로 새우젓과 소금 배가 드나들던 곳이었답니다. 사시사철 아무 대가 없이 주는 풀과 꽃과 바람을 만나는 기쁨이 남다릅니다.

종종 전철이나 버스로 가까운 곳을 다녀오기도 하고요. 특별히 해외로 나가게 되면, 외국어에 좌절하면서 묵언의 쓸쓸함에 빠져드는데, 그럴 때 낯선 사물이 걸어오는 말에 귀를 기울여 받아 적습니다.

어쩌면 시는 내가 쓰는 것이 아니고, 다가오는 천지만물이 하는 말을 거스르지 않고, 공손히 따르는 일이지요. 그리고 글을 쓸 때는, 이미 누군가 짚어낸 아이디어나 혹은 이곳저곳에 많이 등장하여 더 이상 새로운 온기가 없는 언어를 경계합니다. 이 작품이 나만의 위안으로 끝나지 않고 독자와 더불어 가기를 바라는 마음이지요.

또한 원칙이 있다면 종장 첫 구에 '~의'라는 관형격, 소유격조사를 쓰지 않는 것입니다. 시조의 종장, 첫 음보 세 글자는 다음 음보에 이어짐 없이 독립하여 있을 때 시조의 격과 맛이 살아납니다. 스승이신 미당 서정주 선생님과 유동 이우종 선생님께서 늘 강조하신 말씀이라 지금껏 받들고 있습니다.

저희들처럼 이제 시조를 시작하는 후배들이나 시조에 관심 있는 독자들에게 하시고 싶은 말씀은 무엇입니까?

무릇 문학이란 세상천지에 모든 것이 다 소재가 될 수 있지요. 시조 역시, 누구나 알고 있지만 무심히 지나친 것들에게 생명을 불어넣어서 읽는 이의 마음에 실핏줄을 잡아당기는, 공감을 끌어내는 것입니다. 형식 또한, 우리의 말 자체가 어미에 조사를 붙이면 세 글자, 네 글자가 형성되므로 시조의 정형은 자연스러운 호흡과 같습니다. 무엇보다 때, 시時에 가락, 조調를 쓰는 시조야말로 '지금, 여기'를 수용해야 하는 현대적인 장르입니다. 다만 산문처럼 늘어놓고 글자 수를 맞춰 끊어놓은 것은 결코 시조가 될 수 없습니다. 정형이 주는 아름다운 리듬감과 절제미를 품어내야 합니다.

시조는 수백 년 동안 이어진 규격화된 정형에, 진술을 비유적으로 담아내는 문학 장르입니다. 현대시조를 쓰는 사람이라면 '정형을 입은 현대'를 추구하면서 더 나아가 '포스트모던 시조'를 수용하는 자세도 필요합니다. 후학 여러분들은, 기존의 성과만을 고집하면서 배타적인 태도에 머물지 말고, 선배들께서 이룩해놓은 성과 위에 자유로운 발상과 변화를 모색하길 바랍니다.

무엇보다 사물이나 사태의 이면을 들여다보기를 바랍니다. 거기에서 나만이 찾아낸 '발견의 재미'를 느낀다면 이미, 시의 세계에 들어선 것이지요.

본인이 평소 구사했던 언어의 고정관념이나 문법을 건너뛰는 법을 익히세요. 예를 들어 구와 구, 장과 장의 의미 간격을 넓히거나, 종결어미를 구성할 때, 새로운 미래 가치관을 제시하는 등의, 다양한 방법을 폭넓게 시도해 보시길 바랍니다. 문학적 가치를 확보하면서 시조 발전의 측면에 힘이 된다면 어떤 도전도 바람직한 일입니다.

제게 있어 시조는 늙지 않는, 푸른 공간입니다. 시조와 더불어 살아왔기에 제 삶에 영근 마디도 있고, 지금 이 자리도

2021년 10월 어느 날 제주 카페에서

있는 게 아니겠습니까. 저도 그렇지만 마음 귀가 어두워지지 않도록 더 물소리를 새겨듣고 바람이 지나가는 길에 귀를 열어두시고, 많은 선배님들의 말씀도 소중히 새겨들으시기를 바랍니다.

스물둘에 등단하여 이제는 이순을 훌쩍 넘긴 나이가 되었지만, 아직도 시조를 생각하고 작품을 앉힐 때는 그 시절처럼 늘 이마에 푸른 기운이 돕니다. 영원히 늙지 않는, 시조라는 청춘을 품고 있기에 생각의 풀밭을 걷는 초록 발자국이 가끔씩 나이를 지우기도 합니다.

의미 있는 모든 말씀 감사드립니다. 선생님과 함께하니 시간이 금방 지나가네요. 건강하시고 좋은 작품으로, 다시 만나 뵐 수 있기를 희망합니다.

기획특집

신화와 전설을 통해서
문학을 만나다

대담 : 한림화

진행 : 김미영

기록 정리 : 김현진

신화와 전설을 통해서 문학을 만나다

대담 : 한림화

진행 : 김미영

기록 정리 : 김현진

김미영 : 선생님 안녕하십니까? 저희 들이 문학을 통하여 작품 활동을 하면서 신화와 전설을 소재로 많이 끌어당겨 표현하고 있습니다. 막연하게 알고 있는 신화와 전설이 가지고 있는 의미는 무엇이며, 문학작품에 신화와 전설은 어떻게 형상화되고 앞으로 나아갈 길은 무엇인지 선생님의 말씀을 듣고 싶습니다.

먼저 제주신화와 전설이 가지는 의미는 무엇이며 어떻게 만들어졌을까요?

한림화 : 네, 신화와 전설과 역사의 의미는 다들 알고 계시죠? 신화란 영웅 이야기입니다. 전설은 무엇일까요? 사람이 살면서 겪은 모든 삶의 흔적이 녹아있는 전해지는 이야기가 전설입니다. 역사는 글로 쓴 인간이 살아온 연대기라고 간추릴 수 있습니다.

신화와 전설이 가지는 의미는 인류의 흔적이라는 데에 초점이 모아집니다. 최초의 영웅서사인 길가메시는 신화로만 남아 있다가 실제로 존재한 영웅이라는 것이 밝혀졌습니다. 단군신화의 경우에는 하늘에서 내려왔다는 이야기를 요즘에는 외계인의 흔적으로 보는 시각도 있습니다.

제주의 경우를 볼까요? 탐라국이 있었다 없었다 말들이 많았습니다. 그 이유는 이렇습니다. 탐라국의 고량부 세 신인神人 이야기는 신화입니다. 그런데 인물은 있는데 왕국의 흔적이 없다는 것이죠. 왕궁터가 없다는 겁니다. 그것은 제주도의 지형지물을 이용한 선조의 삶을 몰라서 하는 말입니다. 제주 최초의 집은 활집입니다. 그 내용이 자청비 신화에 나옵니다. 자청비 신화는 제주도가 농경시대에 접어들면서 나타난 신화입니다. 그렇다면 제주도에서 지상 위에 건물을 짓기 시작한 것은 농경문화 이후라 할 수 있습니다. 그러면 그전에는 어디에서 살았을까요? 동굴에서 살았지요. 안덕계곡의 바위 그늘집자리며 한경면 고산리 유적을 이청규 교수가 발굴해보니 세계에서 최초로 보이는 초기 토기 파편이 발견되었다고 했습니다. 제주도에 문명이 오래전에 있었다는 흔적이지요.

아마도 탐라의 왕궁터는 바로 웅장한 굴이나 바위그늘집자리였을 것입니다. 혼인지 옆의 굴, 신방으로 썼다는 굴도 모두 집터입니다. 안덕계곡의 바위그늘집자리도 같은 맥락으로 볼 수 있을 것입니다.

전설과 신화의 경계에 있는 것이 김녕사굴입니다. 김녕에서 해마다 큰 동굴 속 이무기급 구렁이에게 처녀를 바쳤고, 그 이무기를 판관 서린이 잡았다는 이야기는 제주사람이면 누구나 다 압니다. 그런데 이 이야기는 조선 시대에 와서 제주도민의 역사를 비하하려고 지어낸 이야기가 아닐까요? 아마도 그 시대쯤에는 예쁜 여식을 둔 부모들이 위대한 누군가, 권력자에게 그 자식을 바쳤다는 의미거든요. 그러니까 김녕사굴은 서린 판관이 파견되기 이전에 이야기를 배태한 곳일뿐더러 제주도민들이 그곳을 '무섭고도 신성한 곳'으로 설정하여 제사를 지내고 있었을 것입니다. 그런데 중앙정부에서 파견된 공인의 지시라든지 어떤 공적인 지시를 잘 따르지 않았을 것입니다. 소위 핑계를 대기를, 오늘이 어디에서 제주 섬사람들이 다 모이는 큰 제사가 있다. 그러니 그 소집에 따를 수 없다는 등등. 그 증거가 있습니다. 김녕사굴은 주변에 사는 주민이 신성시하여 제사를 지내고 굿을 하던 일종의 '당堂'이었거든요.

우리 인류가 동서고금을 막론하고 그렇게 드라마틱하게 이야기를 잘 꾸며냅니다. 이렇듯 신화를 파고 들어가면 우리 삶의 흔적들, 역사가 발견됩니다.
그러면 전설은 무엇일까요? 설문대할망이 제주도를 만들었다고 해요. 한라산도 쌓았다는 거죠. 보니까 봉우리가 삐

죽해서 은하수에 걸린단 말예요. 보기에 좋지 않았습니다. 그래서 발로 차니 봉우리가 떨어져 나가서 산방산이 되었다는 이야기는 얼마나 해학적인 표현입니까?

신화학적 풀이를 조금 해 볼까요?

제주여성의 본능적 행동유형이 집단무의식에서 비롯되는 원시심상primordial images 즉, C.G.융Jung식의 원형이론에 근거하여 제주여성사회의 원형을 찾는 과정에도 설문대신화는 적용됩니다. 그러니까 설문대는 역사 이전에 신화神話로 존재하는 '상징적 의미의 최초의 제주여성'입니다.

그 근거를 설문대를 통하여 볼 수 있습니다. 설문대는 제주섬을 만든 일종의 창조創造의 신神입니다. 그 성격을 보건대 다른 신화에 나타나는 창조의 신들에서 보이는 절대적인 권위나 권력 따위를 지니지 않았지만, 이야기상으로는 여성성이 풍부한 인물로 그려졌을 뿐만 아니라 그의 행적을 통하여 '제주의 전통적이며 전형적인 여성' 이미지를 부각시키고 있습니다. 따라서 설문대에서 '일하는 여성'인 제주여성과 '능동적인 생활인'인 제주여성을 만나게 됩니다. 설문대는 일을 통하여서 여신으로 자리매김하였음을 보여주고 있다고 해도 과언이 아닙니다. 즉 제주 섬여성의 전통적인 이미지가 '일하는 여성'으로 새겨진 것과 일맥상통하지요.

그러므로 설문대할망 전설은 본래 신화로 봐야 할 것입니다. 그런데 이게 왜 전설로 격하되었을까요? 가부장제가 들어오면서 여성이 이 제주 섬을 창조하고 인류의 시초가 되었다는 신화를 봐줄 수 없었던 겁니다.

그래서 이 설문대 신화가 전설로 낙인된 시기를 고구려에서 고려 시대로 넘어가는, 그러니까 제주섬에 탐라국이란 나라가 있는데 이 나라를 다스리는 세력이 세 신인인 '고량부'의 후예인이다, 라고 외부적으로도 확정되는 그 무렵으로 봐도 무방할 것입니다.

역사란 무엇입니까? 우리 삶의 연대기입니다. 그런데 신화에서 전설이 되었다가 역사로 환원된 것들이 요즘 많이 드러나고 있습니다. 신화, 전설, 역사는 경계가 분명하면서도 반면에 그 경계선이 아주 모호하다고도 할 수 있습니다.

전설학은 없지만 신화학은 있습니다. 문학을 전공하려면 신화학에 관심을 가져야 합니다. 미국같이 역사가 짧은 나라에서도 신화학을 공고하게 하고 있습니다. 실타래처럼 엉킨 신화와 전설과 역사도 한 맥을 이어오기 때문에 풀어보면 의외로 술술 풀립니다.

신화와 전설은 누가 엮었을까요? 사람의 입을 통한 내림, 즉 구전口傳에 의해서 문학이 형성되어 내리 대물림되고 있는 것이 신화와 전설이고 이 말을 고쳐 쓰면 바로 문학입니다. 신화와 전설은 대부분이 문자가 쓰이기 이전에 사람의 입으로 다 엮어놓은 것입니다. 여기에는 도치법이며 의인화며 등등 여러 가지 문학 구조상의 기법들이 동원되어 기록되었음을 보게 됩니다.

한 예를 우리 가까이에서 들어볼까요. 조선조 고종 때 마라도의 개경허가가 났습니다. 그전의 마라도는 어땠을까요? 1700년경 마라도를 표기하는 마라도의 '마'는 '갈 마'라고 하여 '칡덩굴 우거질 마摩'였습니다. 그만큼 나무와 덩굴이 울창했던 섬입니다. 이를 증명이라도 하듯 탐라순력도에 표현된 마라도는 울창한 숲이 있는 작은 섬으로 그려져 있습니다. 가파도의 목조건물은 다 마라도의 나무로 지어진 것들이라고 합니다. 마라도에 '남덕'이라는 지명이 있는데요, '나무를 내리는 덕'이라고 하여 아름드리나무를 베어서 운반한 흔적이 지명으로 남은 것입니다.

마라도는 개경허가가 나기 전에는 일곱 성씨가 소위 몰래 섬에 들어가 도둑 물질을 했는데 애기업개를 제물로 놓고 나왔다가 이듬해 가보니 그 아이가 모슬포를 바라보는 언덕에 뼈로 남아 있었다고 합니다. 일곱 가문 사람들이 그 넋을 위로하기 위해 그 언덕에 '할망당'을 만들었습니다. 그 이야기가 전설인 동시에 신화이며, 신화인 동시에 역사인 것입니다. 1881년도쯤에 실제로 있었던 이야기이기 때문입니다. 그 사실을 그대로 쓰면 인간의 잔인성이랄까 이기심이랄까 그런 본성이 그대로 드러나기 때문에 도치법을 쓰고 순치하여 이야기를, 그 당의 '본풀이'를 정립하였다고 봅니다. 마라도에는 얼마 전까지만 해도 뱀이 없었습니다. 원래 없었던 것이 아녜요. 그런데 지금은 왜 없을까요? 개간 때 불태웠던 것 때문에 없어진 거지요. 두이레 열나흘 동안 타느라고 그 연기에 휩싸여 하늘이 다 시커멓게 보였다고 합니다. 그때 생겨난 전설이 원래는 인간이었는데 뱀이 되어서 뱀들이 꼬리에 꼬리를 물고 어머니를 따라서 토산 앞바다로 와서 토산에 정착했기에 그 마을 사람들이 뱀신을 모시게 되었다고 전해집니다. 거기 뱀들이 섬을 탈출하여 육지로 올라온 것은 확실합니다. 그러면 왜 토산을 지목해서 뱀신을 많이 모시는 곳으로 만들어 버렸을까요? 이유는 토산이 고양부 세 성씨 중에 부씨 성이 고려시대까지 있었던 곳입니다. 그런데 제주도 역사에서 부씨는 미미합니다. 헤게모니 싸움에서 밀려 일본으로 건너가서 그렇다고 합니다. 이 쓰여지지 않는 이야기, 즉 구전에 일리가 있는 것이, 일본에는 부씨 왕자묘가 있어요. 이렇게 역사는 전설이 되기도 하는 것입니다. 이처럼 후대가 잊지 않도록, 소위 역사가 전설로 위장하여 우리와 생활함으로 우리 자신들이 위로를 받고 교훈이 되고 안식이 될 정도로 이야기가 각색되어 전해지는 것들도 허다합니다.

신화와 전설과 역사가 어우러져 그곳의 인류 발자취가 엮어진다는 전제 아래 제주도 인류의 역사상 설문대 이야기는 전설이 되었든 신화가 되었든 대단히 중요합니다. 왜냐하면, 가부장제 이전에 모계사회가 어떻게 사회를 이끌어왔는지 극명하게 드러내는 것이기 때문입니다. 그러한 제주섬 인류사의 흐름이 조선 시대에 완성되었음 직한 마라도 뱀 전설까지 이어져 왔다고 봅니다. 인간이었던 어머니가 뱀으로 환생하여 자기 자식들을 뱀으로 만들어서 육지로 가서 토산으로 올라가도록 이끌었어요. 어머니가 이끌었다는 말이지요. 설문대 이야기로 보자면 키가 엄청나게 큰 여자가 제주도를 만들었어요. 그런데 이 설문대의 '이야기'에 매우 흥미로운 대목이 나타나 있습니다. 즉 어느 날 어디선가 하루방이 나타나서 아들 오백 명을 임신하지요. 고기가 먹고 싶은 설문대할망이 남편에게 말합니다. 신양리 바다에서 다리를 벌리고 버티고 있을 테니 일출봉 앞에서부터 바다생물들을 몰아오면 내가 다리를 닫아서 그것들을 잡아서 먹자 하는 장면이 나옵니다.

그 '이야기'로 무엇을 알 수 있을까요? 남성은 당시 어로행위 과정에서 '도우미' 역할에 머물렀다면 여성이 어로의 중심에 있었다는 것이지요.

이 화소話素는 제주도에서 태고적부터 해산물을 식량으로 얻는 데 있어 여성의 역할이 컸다는 증거입니다. 그런데 그것이 세월이 지나면서 여성이 해녀라는 존재로 굳어졌다는 것이지요. 설문대할망 당이 표선리에 있습니다. 당이 있다는 것은 신화라는 뜻입니다.

제가 신화와 전설과 역사의 이야기를 길게 한 이유가 있습니다. 이것은 문학의 결과이거든요. 말로 했던, 글로 썼던 문학인 것입니다. 우리가 공유했던 최초의 문학은 옛날이야기로 대변되는 신화입니다.

그 옛날 할머니가 들려주던 이야기들은 다 입으로 쓴 문학작품이라는 것입니다. 문학작품은 처음에는 입에서 입으로 전해지는 구전이었다가 그다음 문자로 나타나는데 문자로 나타난 최초의 문학작품은 시詩입니다.

김미영 : 신화와 전설 그리고 역사의 형성에 제주인의 삶이 녹아있을 것이라는 생각이 듭니다. 제주인의 삶과의 관계는 어떠한가요?

한림화 : 군대에서 부하를 구하고 산화했던 제주 출신 강재구 소령도, 골프 여왕 박세리도 수천 년이 지나면 신화가 되겠지요. 신화는 영웅을 요구합니다.

제주도 창고네는요, 우루루 쾅쾅 밤새 천재지변하는 소리가 났는데 아침에 일어나 보니 계곡이 생기고 물이 콸콸 흐르고 있더라 라고 이야기하지요. 이렇듯 자연현상을 말로 엮거나 기록한 것이 전설입니다.

한림 앞바다의 비양도는 1,200년 전에 수중 화산 폭발로 만들어졌다는 것이 역사 기록으로도 남고 이야기로도 남아있습니다.

그러면 일출봉에 관한 전설이나 신화를 들어보셨나요? 없지요? 그것은 사람이 살기 이전에 이미 자연이 이루어졌다는 것을 의미합니다. 그런 차이가 있는 것입니다. 예를 들어 백록담을 이야기할 때 거기에 하얀 사슴이 살았다고 하더라 하는 것은 사람이 사슴이라는 존재를 안 이후에 만들어 낸 이야기인 것입니다.

우리가 신화, 전설, 역사를 알면 시를 창조할 때, 소설을 구성할 때 아주 풍부하게 이런 것들을 녹여 작품에 스며들수 있도록 할 수 있습니다.

그러니까 단적으로 말하면, 제주 섬에 사람의 삶이 없으면 제주의 신화가 있을 수 없고 전설이 있을 수 없습니다.

이어도는 전설은 있지만 신화는 없습니다. 이상하지 않아요? 시인이든 소설가이든 모두 이어도를 소재로 글을 한 꼭지 이상은 쓰는데 신화가 없지요. 그것은 신화를 낳을만한 사람이 거기에 없었다는 뜻입니다. 그러면 물속에 있는 암초에 불과한데 왜 섬이라고 했을까요? 자연현상으로 그것이 물 위에 있건 물 아래 있건 분명히 제주 사람들이 봤다는 뜻입니다. 우리가 체험했기 때문에 전설로 남은 것입니다.

몇 년 전에 이어도 연구의 자료를 정립하는 일환으로 이어도를 주제로 만든 시를 모아 봤는데 참 흥미로웠습니다. 유안진 시인은 제주 사람이 아닙니다. 그분이 쓴 시와 제주 섬사람인 오승철 시인이 쓴 이어도는 완전히 다릅니다. 그것은 바로 실 체험자인 제주도민의 삶과 간접체험만을 한 외지인의 의식세계에 내재 된 이미지와 직결되는 표현상의 실제 여부인 것입니다.

우리가 실생활에서 신화와 전설과 역사를 무시하는 것 같지만 알게 모르게 무시하지 못합니다. 현대사회의 예를 들어볼까요? 5 · 16도로라고 주로 불렸던 제1횡단도로가 있기 전에는 서귀포 사람이 제주시로 올 때 일주도로를 빙 돌아왔을까요? 아닙니다. 바로 '웃한질'과 산길인 '소로길'이 있었습니다. 그 길을 바탕으로 제1횡단도로와 제2횡단도로를 뚫은 겁니다. 근데 마치 천지개벽해서 '5 · 16도로'인 제1횡단도로를 뚫은 것처럼 이야기합니다. 그게 현대사회에서 우리 역사와 겹쳐서 드러난 '박정희(대통령) 신화'입니다.

김미영 : 만들어진 시기의 현재성을 반영하는 신화와 전설은 문학 안에서 어떻게 형상화 되었을까요?

한림화 : 다시 한번 김녕사굴 전설을 살펴봅시다. 관에서 백성을 동원할 때 마을 사람들은 사굴에 제사를 지낸다, 굿을 한다는 핑계로 참석하지 않는 사례가 많았습니다. 그러는 '제주 섬 것'들을 서린 판관이 보니 괘씸하지 않았겠어요? 이 사굴에 관한 신화를 파괴해야 할 필요가 있었겠지요. 혈거지 즉 동굴집자리는 제주 섬사람 원시사회의 집일 뿐더러 김녕사굴처럼 넓고도 큰 동굴은 그 시대에 섬의 중심세력인 누군가의 아지트로 사용되었을 것입니다. 그래서 거기서 제사를 지낸다든가 모임을 한다든가 했겠지요. 판관으로서는 소위 말을 잘 듣지 않는 것들의 집합장소인 그런 곳을 없애버려야 했기 때문에 처녀 잡아먹는 이무기가 산다는 이야기를 만든 거라고 보면 이해가 빠를 겁니다.

문학의 힘이 뭔지 아세요? 아주 절묘합니다. 서린 판관 전설을 보면 그가 육지로 귀향하려고 배를 띄워 배질을 하는데 갑자기 독수리가 나타나 서린 판관을 죽이고 배를 엎어버립니다. 사실은 잘 귀향했는데 말이죠. 제주 섬의 혈맥을 다 끊어버렸다는 '고종달'의 이야기 즉 호종단 전설도 기승전결이 똑같습니다. 그도 실제로는 서린 판관처럼 육지로 잘 돌아가 벼슬아치로 살았습니다.

제주 섬사람들이 의식적으로 그렇게 참담하게 섬 공동체의 삶을 파괴한 것에 대한 복수를 이야기를 빌어서 대를 이어 전수했던 것입니다. 이것이 바로 이야기의 힘입니다.

문학은 다른 데 있지 않습니다. 예를 들면 최근에 와서 '제주4·3'에 관해서 많이 쓰잖아요? 그런데 매우 흥미로운 사실을 저는 발견하였습니다. 토벌대로 들어왔거나 '6·25 한국전쟁'를 전후해서 이곳에 들어온 사람들은 절대 '제주 4·3'에 대한 글을 쓰지 않는다는 것을 발견했습니다. 그들 입장에서는 세상을 향해 현대에 벌어진 살육의 현장, 피의 바다를 그러니까 제주 섬사람 사회의 비참함을 대변하거나 거론할 의미가 없기 때문입니다. 이런 것도 현대에 나타난 신화와 전설에 결부된 역사성입니다.

모르면 형상화하지 못합니다. 없는 걸 사진 찍을 수는 없는 이치와 같습니다. 문학을 하는 사람들은 머리에 사진기를 가지고 이야기를 엮는 것입니다. 그리고 사진사가 보지 못하는 뒷면 즉, 이면까지도 밝혀내는 사람들이 문학 하는 사람들입니다. 온전히 묻어버려 전혀 드러나 보이지 않을 것 같은 사실도 문학작품을 통하여 드러납니다.

문학의 시작점과 한계라는 것은 인류와 같이 가는 것입니다. 사람이 말을 하기 시작하면서 문학은 이루어졌으니까요.

문학은 인류가 이 지구상에 태동하면서 지금까지 이어져 오고 있습니다. 우리의 언어를 가지고 우리 삶을 엮어오는 것이 문학인데, 신화에서부터 전설과 역사를 아우르는 것입니다. 예를 들어 홍길동전을 통해서도 알 수 있습니다. 서자의 서러움을 멋진 영웅으로 탄생시킨 홍길동전을 보면 그 당시 인류사회의 구성은 다름 아닌 태어난 조건에 따른 신분 사회였음을 알 수 있습니다.

영웅은 태어나는 것이 아니라 삶의 흔적으로 만들어진다는 것이 가장 잘 나타나 있는 것이 홍길동전입니다.

문학의 힘은 정말 큽니다. 그것이 삶의 흔적이라는 것이지요. 그 흔적이 문학 안에서 어떻게 형상화되는지 말해줍니다. 이렇게 우리는 신화와 전설, 역사를 가지고 문학을 형상화할 수 있는 것입니다.

김미영 : 문학은 신화와 전설을 통하여 무엇을 해야 하나요?

한림화 : 대표적인 권선징악을 예로 들어보겠습니다. 예전에는 좋은 사람과 나쁜 사람의 구분이 분명했습니다. 그런데 요즘은 좀 다른 양상으로 나타납니다.

우리가 영화를 통하여 잘 알게 된 세계제2차대전 당시 아돌프 히틀러의 죽음의 손아귀에서 유대인을 구하려고 애쓴 '쉰들러 리스트'를 한번 볼까요? 쉰들러는 가해자 그룹에 속해있던 사람인데 그의 행적에 의해 천사로 그려집니다.

그럼 제주도에는 그런 사람이 없었을까요? '제주4 · 3' 때문 형사라고 있었습니다. 성산지서에 근무하던 사람인데 그 사람은 내 목숨이라도 내놓겠다고 하여 주민들의 총살을 막았습니다.

'제주4.3' 당시 제주섬에 들어 온 서북청년단의 몇 사람이 난리 끝에도 그대로 눌러살았던 이들이 더러 있습니다. 그

중에는 '제주신문사' 편집국장을 지낸 최현식 소설가도 있는데요, 그분들은 한사람이라도 죄 없는 제주 섬사람을 구하기 위하여 자기가 명령받은 체계에서 인본주의를 따랐기 때문에 제주에 그대로 눌러살 수 있었습니다. 이런 것들이 모두 역사 속에 드러나는 '영웅 행위'라고 할 수 있습니다.

신화와 전설을 통하여 문학이 할 일은 인간이 인간으로서 존재하기를 바라는 일입니다.

만일 어떤 울분에 찬 일을 직설적으로 표현한다면 원수가 생깁니다. 공감하는 독자도 있지만 공감하지 못하는 독자도 있겠지요. 이런 경우에 적절한 신화와 전설을 빌어 와 빗대어 표현할 수 있는 것입니다. 이런 것이 문학이 할 일입니다.

문학이 신화와 전설을 만들어냈지요. 그리고 시간이 흘러가면 신화와 전설에 역사성을 부여하여 인류의 방향을 제시하는 것입니다.

김미영 : 다른 나라 문학가들은 신화와 전설, 역사를 문학 안에서 어떻게 풀어냈는지 궁금합니다.

한림화 : '게오르규Constantin Virgil Gheorghiu, 1916~1992'와 '르 클레지오Jean-Marie Gustave Le Clézio' 이야기를 하지요. 두 분이 제주도를 다녀가신 경험도 있고 하니까요.

콘스탄틴 비르질 게오르규는 러시아 정교회의 신부였습니다. 제2차세계대전 당시 루마니아에서 미 군정에 2년간

억류했던 경험이 있다고 합니다.

그의 작품 '25시La Vingt Cinguie me Heure'는 본인의 체험이 반영된 작품이라 할 수 있습니다. '25시'에는 이제껏 제가 말씀드린 것이 다 들어있다고 할 수 있습니다.

우리 제주도에도 그런 예가 분명히 있을 것입니다. 저도 '제주4 · 3' 문학을 통하여 그것을 이야기하려고 노력하고 있습니다. 죽을 고비를 넘기고 왔더니 각시가 다른 남자의 아이를 낳았습니다. 그런데 '25시'에서는 주인공이 아무렇지도 않게 그 아이를 받아들입니다. 그것이 문학으로 승화시킬 수 있는 인류애입니다.

그런데 게오르규가 정교회 신부가 아니어도 이런 글을 쓸 수 있었을까요? '25시'의 화두는 다르게 말하면 '예수 탄생'을 다르게 표현하는 것입니다. 예수는 말합니다. '나는 인간의 아들이다. 그러나 내 아버지가 누구인지 모른다. 이것은 신의 섭리이다. 그래서 나는 하느님의 아들이다.' 이 말꼭지가 신약성경을 이루는 주 테마입니다.

예수의 고리타분한 사제들에 대항하여 '용서'라는 말이 왜 첫 화두가 되었을까요? 복수는 전쟁을 낳습니다. 예수는 구약성서의 복수와 피의 제전을 용서와 사랑이라는 말로 패러다임을 바꿔버린 것입니다. 신약은 예수의 말을 복음사가들이 탁월한 글솜씨 즉 문학작품으로 내어놓은 것입니다. 그게 문학입니다.

이런 것처럼 신화와 전설로써 역사를 만드는 과정에서 문학인은 아무도 발견하지 못한 이면까지 찾아서 의미를 부여

하는 것입니다. 게오르규의 '25시'야 말로 이유 불문하고 서로 아끼고 사랑하라는 현대의 바이블인 것입니다.

'장마리 귀스타브 르 클레지오'는 제주도에 여러 번 방문해서 제주도와 인연이 깊습니다. 오승철 시인, 김순이 시인과 오름을 오르기도 하고, 방문 때마다 그곳에서 묵는 강중훈 시인과도 인연이 있지요. 저는 그가 이화여대 통역대학원 교수일 때 잠시 만났던 인연으로 제주도에서 한 차례 만났습니다. 르 클레지오는 할아버지가 정치가이자 외교관으로 모리셔스 섬의 총독이었습니다. 모리셔스 섬은 여러 나라의 지배를 받았습니다. 아버지도 정치가이고 외교관이었고요. 그래서 르 클레지오는 대학도 영국에서 졸업하고 니스 문학전문학교를 나왔으며 페르디낭 대학에서 박사 학위를 받아 엘리트 코스로 문학을 해 온 분입니다.

이분의 첫 작품 '조서Le procès-verbal'는 그의 관찰자 입장이 반영되어 나올 수 있었습니다. '사막'이라는 작품에는 이분의 태생이 나타납니다. 다른 사람들이 쉽게 접할 수 없는 오랜 피지배 지역이었던 모리셔스의 풍경을 그려낼 수 있었던 것은 할아버지가 모리셔스의 총독이었기 때문에 가능한 것입니다.

르 클레지오의 작품은 제삼자의 시각에서 관찰한 것이 특징입니다. 자신의 체험을 바탕으로 한 게오르규와 아주 다르지요. 이분이 제주도에 관하여 쓴 수필이 있는데 이것도 관찰자의 시각이 아주 잘 나타나 있습니다. 이처럼 문학작품은 작자 자신에 의한 체험의 범위를 말해줍니다.

제주도에서 나서 자란 사람들은 어디에서 살건 태생적으로 DNA에 각인 된 무언가 섬사람으로서 가지는 정서가 있습니다.

그 지역의 신화와 전설을 그 지역 사람들이 알고 체득하는 것하고 타지의 사람이 들어와 그 지역의 역사와 전설을 아는 것하고는 차원이 다릅니다. 그 점은 게오르규의 작품과 르 클레지오의 작품을 통해서도 나타납니다.

제주도에는 마을마다 당이 있습니다. 당이 있다는 것은 신화가 있다는 것입니다. 돌멩이 하나에도 전설이 깃들어 있습니다. 게다가 '독립국 탐라인'이라는 역사성이 있습니다. 그래서 제주 출신 문인이 제주의 이야기를 누구보다 더 잘 표현하리라 생각합니다.

김미영 : 선생님 말씀을 듣고 삶 속에서 신화와 전설이 어떤 의미를 갖고 형성되는지 그리고 기록문화인 역사 속에 나타나는 사람살이를 배웠습니다.

또 문학을 공부하고 문학작품 활동하는 사람들이 어떤 사명감을 가지고 작품 활동을 해야 하는지 되새기는 소중한 시간이었습니다.

여건이 된다면 신화와 전설 이야기를 더 배울 수 있는 장을 기대합니다.

감사합니다.

특집

제주 방언에 나타난
감정 표현

김신자

제주 방언에 나타난 감정 표현

* 아래 실은 글은 김신자 시인의 논문 〈제주 방언에 나타난 감정 표현〉 중 감정 표현에 대한 직접적 언급만을 부분 발췌하였음을 알려드립니다.

김신자(시인)

감정 표현은 인간이 존재하는 방식이라 할 만큼 인간 자체나 삶과 분리될 수 없고 추상적인 영역에 속하기에, 어떤 언어 표현들보다 내적 경험과 사고 과정에 맞물려 있다. 이 점에서 제주방언에 쓰이고 있는 감정 표현을 논의한다는 것은 제주 사람들의 사고 작용과 감정의 움직임을 살펴본다는 데에 의미가 있다.

방언은 그 지역 사람들만의 언어로 표현되는데, 지역의 역사, 지리, 풍속, 생활 양식 등이 모두 포함되어 있다. 방언은 사람이 나고 자라면서 듣고 사용하는 언어이므로, 그 지역 사람들의 사고 작용과 감정이 고스란히 담겨 있다고 볼 수 있다. 감정 표현은 언어를 통해 구현되는데 일반적으로 '기쁘다, 즐겁다, 화나다' 등 감정을 언어 자체에 직접적으로 드러내는 '직접적 표현'과 '웃다, 울다, 찡그리다' 등 감정을 표현이나, 몸짓, 억양, 강세 등 언어의 부수적 요소에 드러내는 '간접적 표현'으로 구분하고 있다. 일상생활에서 대체로 감정을 직접적으로 나타낼 수 있는 표현은 한정되어 있고 직접 적으로 표현하는 방법은 상대방에게 부담을 줄 수 있기에 이러한 표현보다는 간접적으로 감정을 드러내는 표현이 현실에서는 많은 듯하다.

제주방언은 한정된 지역에서 발생하는 언어이기 때문에 해당 지역 사람들과 밀접한 관련성을 보인다. 즉 그들만의 특유한 정서, 역사, 생활 문화, 자연환경, 풍속 등을 언어를 통해서 엿볼 수 있다. 다른 지역의 방언과는 달리 투박하고 거친 어휘가 많다. 외부와 철저히 격리된 섬이란 지형 조건과 역사적으로 외부로부터 당했던 수많은 침략과 수탈, 지배 등이 제주 사람들 심리에다 저항과 방어 의식을 강하게 심어 놓았다는 추론하에 강하게 분노의 감정을 표현하는 어휘가 많은 걸 알 수 있고, 제주도의 특징 자연인 돌, 바람, 땅 등 척박한 자연환경도 언어 창조에 영향을 미치지 않았나 판단된다. 제주방언을 유심히 살펴보면 특히 거친 소리인 자음 'ㅋ, ㅌ, ㅍ, ㅎ'이나 겹자음인 'ㄲ, ㄸ, ㅃ, ㅆ, ㅉ'으로 시작되는 어휘들이 많은 편이다.

제주방언에 접두사 '처-' '퍼-' '판-' '헛-' '셍-' '줏-' '줏어-' '짓-' 등과 접미사 '-푸데' '-토메기' '-쟁이' '-와리' '-악사니' 등이 붙으면 상대방을 나무라거나 얕잡는 표현이 더

강해지고 더 격하게 내부 감정이 나타나고 있음을 알 수 있다.

예를 들면 접두사 '처-'는 '마구' '힘껏' '닥치는 대로' 따위의 뜻으로, '처두드리다(마구 두드리다)' '처먹다(닥치는 대로 먹다)' '처뭇다(형체가 으깨어질 정도로 닥치는 대로 때려 부수고 으깨다)' '처맞다(마구 맞다)와 같이 나타나고, 접두사 '퍼-'는 '마구' '함부로'의 뜻으로 '퍼두드리다(마구 두드리다)' '퍼쓰다(함부로 써서 낭비하다)' '퍼욕ㅎ다(마구 욕하다)' '퍼맞다(마구 맞다)' 등으로 표현되어 상대방을 나무라거나 분노 감정이 더 격하게 나타난다.

접두사 '판-'은 '순전히, 완전히' 따위의 뜻으로 '판무식(맨무식)' '판무식다리(완전히 무식한 사람)' '판고집다리(무척 고집이 센 사람)' '판굴툭다리(무척 심술이 많은 사람)' 등으로 나타나고, 접두사 '헛-'은 '참되지 못한, 쓸데없는 실속 없는, 보람 없는 잘못된' 따위의 뜻으로, '헛녁, 헛노롯(헛일)' '헛고생' '헛질(소득이 없는 나들이)' 등으로 표현되어 상대방을 나무라거나 얕잡는 감정이 강해진다.

접두사 '셍-'은 명사 앞에 결합되어 '가당치 않은, 거짓의, 길들이지 않은' 등의 뜻을 지녀 '셍과다' '셍군융' '셍그짓말' '셍떼거지' '셍아연' '셍야단' '셍어거지' '셍언강' '셍엄살' '셍트집' '셍빙' 등으로 표현되고, 접두사 '줏-'은 주로 '마구' '닥치는 대로'의 뜻을 지녀 '줏박다' '줏앗다' 등으로 표현된다. 접두사 '줏어-'는 '닥치는 대로' '마구'의 뜻을 지녀 '줏어듣다' '줏어담다' '줏어뭇다' 등으로 표현되고, 접두사 '짓-'은

'마구, 닥치는 대로, 흠씬' 등 '강세'의 뜻을 지닌 뜻으로 '짓고생(심한 고생)' '짓망신(심한 망신)' '짓이기다(흠씬 이기다)' '짓부수다(마구 닥치는 대로 부수다)' 등으로 표현된다.

접미사 '-푸데'는 '지나치게 먹거나 마시는 사람'을 얕잡아이르는 뜻으로 '술푸데(술을 많이 먹는 사람)' '밥푸데(밥을 많이 먹는 사람)' '똥푸데(방귀를 잘 뀌는 사람)' '줌푸데(잠꾸러기)' 등으로 표현되고, 접미사 '-토메기'는 명사에 붙어서 '낮음, 얕잡음'을 나타내어 '부에토메기('부아'를 얕잡아 이르는 말)' '셈토메기(사물을 헤아리는 마음씨)' '술토메기(살을 얕잡아 이르는 말)' 등으로 표현되어 상대방을 나무라거나 얕잡는 표현이 더 강해진다.

제주방언의 감정언어에 유사한 어휘가 많다는 것은 마을마다 다른 어휘가 많이 사용되고 있다는 증거다. 넓은 공간에서 상호 간 소통하게 만들어진 생활 공간이 아닌 협소한 작은 지역에서 일상생활이 많았기 때문이라 짐작된다. 이는 침략의 되풀이를 당한 제주의 역사와 조상 대대로 자유롭고 넓게 활동할 수 없었던 어떤 강압이나 제약 때문에 작은 마을별로도 언어를 만들어 썼다는 것을 보여주는 결과이다.
(예 :애통끈어지다, 애통터지다, 실계그차지다, 실계끈어지다, 실계창지그차지다, 실계창지끈어지다, 애그차지다, 애끈어지다, 애창지끈어지다, 애통그차지다, 오장그차지다, 오장끈어지다, 오장창지그차지다, 오장창지끈어지다 등)

분노의 감정을 표현한 제주방언 중에는 사람과 사람의 신체에 대하여 비하하고 나무라는 호칭이 많다. 감정에서 유발되는 신체적인 체험을 근거로 하여 그것을 언어화하고 있는데 그 이유는 섬이라는 폐쇄성, 중앙 벼슬아치들의 유배지, 외세의 침략 등으로 사람에 대한 경시 풍조가 많이 작용한 것이 아닌가 추정된다. 우선 사람에 대하여는 '-다리'(고집다리, 심술다리), '-둥이'(으둥이), '-쉬'(귀막쉬, 밥장쉬), '-와리'(차ᄎ와리, 불초와리), '-쟁이'(간세쟁이, 몽니쟁이) 등으로 나타난다.

다음은 신체에 대한 표현이다. '데가리'는 주로 동물의 머리통을 가리키는 말로 쓰이나, 사람의 '머리'의 뜻으로 쓰일 때는 '머리'를 속되게 이르는 말이다. 이는 'ᄃ가리, ᄃ겡이, 다가리, 다강이, 다겡이, 대가리, 대강이, 대겡이, 대구리, 대굿박, 대망셍이, 대망이, 대맹이, 대멩이, 더가리, 더강이, 더겡이, 더망세기, 더망셍이, 더멩이, 데강이, 데구리, 데굿박, 데굿박이, 데망세기, 데망셍이, 데망이, 데멩이' 등 하나의 단어를 가지고도 거의 30여 개가 되는 어휘로 신체를 하대하고 얕잡는 말로 빗대어 다양한 형태로 불리고 있다. '볼때기'는 '볼'을 속되게 이르는 말로 '볼따귀, 볼망대기, 볼망데기, 볼망뎅이, 볼치, 볼칫머리, 볼ᄐ가리, 볼타구니, 볼타귀, 볼태기, 볼타가리, 볼탁사니, 볼탁서니, 불닥사니, 불타가리' 등으로 다양하게 나타난다. '벳부기'는 '배腹'를 낮잡아 이르는 말로 이는 '배따지, 배떼기, 배야뎅이, 배야쟁이, 배야지, 배퉁이, 뱃다지, 뱃보곰지, 뱃복, 뱃부기, 베떼기, 베야뗑이, 베야지, 베토막이, 베통이, 베퉁이, 벳보기, 벳복, 벳복지, 벳부기' 등으로 나타난다. '엉덩짝'도 '엉덩이'의 낮잡아 이르는 말로 '엉둥머리, 궁둥쥐배기, 궁둥패기, 엄팽이, 엉덩짝, 엉덩파기, 엉둥패기, 엉치, 엉둥이, 잠지패기' 등으로 나타난다. '주둥이'는 사람의 입을 낮잡아 이르는 말로, '주둥아리, 주둥머리, 주둥패기' 등으로 나타난다. '귀퉁배기'는 '귀'를 낮잡아 이르는 말로 '귀퉁이, 구뚱배기, 귀때기, 귀똥박이, 귀똥배기, 귀뚱이, 귀아다리, 귀야다리, 귀야지, 귀예기' 등으로 나타난다. '뻬암데기'는 '뺨'을 속되게 이르는 말로 '뻬야망데기, 뻬얌, 뻬얌다구리, 뻬얌다귀, 뻬얌닥, 뻬얌데기, 뻬얌망데기' 등으로 나타난다. '눈망둥이'도 욕을 할 때, 인상에 따른 '눈'을 아주 나삐 이르는 말이다. '눈깔이, 눈께알이, 눈망귀, 눈망텡이, 눈망둥이' 등으로 나타난다. '모가지'는 '목'을 비속하게 이르는 말로 '모고마지, 모게기, 모감지, 모그마지, 목고디, 목다리' 등으로 나타난다. 또한 '야게'는 '모가지'의 다른 제주방언으로 '야가기, 야가지, 야게기, 야궤기, 야게' 등으로 나타난다. '코막젱이'는 '코'를 속되게 이르는 말로 '코멜싹이 코벨레기' 등으로 나타난다. '손꼽데기'는 '손'을 속되게 이르는 말로 '손꼽대기, 손콥대기' 등으로 나타난다. '발꼽데기'는 '발'을 얕잡아 이르는 말로 '발꼽대기, 발콥대기' 등으로 나타난다. '아가리'는 '입'을 비속하게 이르는 말로 '굴레, 굴레산이, 아구리, 아귀' 등으로 나타난다. '주깡이'는 '겨드랑이'의 낮은 말로 'ᄌᆞ깽이, ᄌᆞ껭이, ᄌᆞ드랑이, ᄌᆞ드랭이, ᄌᆞᆺ갱이, ᄌᆞ겡이, 저껭이, 저드랑이, 저드랭이, 적겡이, 젓강이, 젓갱이, 제강이' 등으로 나타난다. '손목다리'는 '손목'을 낮잡아 이르는 말로 '손모개기, 홀모개기, 장모개기, 장목다리, 풀모개기, 풀목다리, 홀목다리, 홀목이' 등으로 나타난다. '발목다리'는 '발목'을 낮잡아 이르는 말로 '발목에기, 발모게기' 등으로 나타난다.

그 외에도 '생김새, 모양, 시늉'을 속되게 이르는 말은 '자부세, 다보세, 자ᄇᆞ세, 짜보세, 꼬락사니, 꼬라지, 꼬락지, 꼬레, 꼴데가리, 꼴상아리, 꼴악사니, 뽄닥사니, 지세, 상판이, 상판데기' 등 다양하게 나타난다.

제주방언은 제주 사람들의 일상생활에 필요한 의사소통 수단으로 이어져 오는 고유언어이다. 그때그때 소통의 필요에 맞춰 만들어진 창조언어이며, 제주 속에서만 독립적으로 사용되고 오랫동안 전래되어 오고 있는 언어이다. 그러기에 제주방언은 다른 지방 사람들이 알아들을 수 없는 독특하고 독창적인 언어라는 관점도 있다. 게다가 제주방언은 감정언어이든 일반언어이든 독특하기에 제주방언으로 소통하고 살아온 전통 제주인이 아니면 전혀 감지하지 못하는 언어들이 상당히 많다. 또한 제주방언은 말맛이 깊다. 그런 깊은 말맛은 제주방언으로 소통되고 이해되는 사람만이 온전히 느낄 수 있다. 표준어의 어떤 어휘를 가지고 제주방언으로 대체하여 소통할 때 화자나 청자가 느끼는 언어의 깊은 맛

은 어떤 언어와는 견줄 수 없이 다르다는 것이다. 제주방언
의 독특하면서도 깊은 말맛을 느낄 수 있는 어휘들의 예를
들면 다음과 같다.

(명사) 머굴쳉이: 생각이 답답하게 모자란 사람이나 제 생각만
　　　하는 사람이나, 귀가 먹은 사람을 얕잡아 이르는 말
　　　물쿠시: 심술을 잘 부리는 사람
　　　돌패기: 인정머리 없는 사람
　　　범벅쉬: 사리 분별을 제대로 하지 못하는 사람
　　　가름도세기: 마을 이곳저곳을 정처 없이 휘저어 다니는
　　　사람(탈출 · 방황 · 욕망 · 미움)
　　　물토세기: 욕심쟁이(혼자 살찌려는), 살찐 사람
　　　불씹둥이: 이른바 성이 불완전하여 이중으로 된 사람
　　　벙게: 바보

(부사) 벨딱벨딱: 자그마한 일에도 성깔을 부리는 꼴
　　　타들락타들락: 말할 때 소리가 매끄럽게 이어지지 못하
　　　고 울퉁불퉁 불만의 소리를 하는 꼴
　　　핀두룽이: 시치미 떼고 모른 척하는 모양
　　　선네선네: 일을 서두르면서 시원시원하게 해치우는 꼴
　　　ᄀ들ᄀ들: 쉬지 않고 한결같이 나아가는 긍정

(동사) 멕카지다: 몹시 속이 상해 애가 타다
　　　떠덕거리다: 자기만 잘난 척하며 으스대며 떠들어대다
　　　늠삭ᄒ다: 바라던 일이 잘 이루어져 마음에 모자람 없
　　　이 만족스러워하다
　　　금착ᄒ다: 가슴이 덜컹하고 놀라다

ㅂ득상아리다: 어떤 일에 강한 집착을 보여 이를 악물
고 덤비는 모습을 하다

자들자들ㅎ다: 한마디도 물러섬이 없이 남을 약 올리면
서 말을 많이 하다

(형용사) 시벅벅ㅎ다: 성정이 무뚝뚝하고 억세다

메랑ㅎ다: 사람이 생기를 잃어 기운을 차리지 못해 잦
아들다

뜨그릉ㅎ다: 움직이는 모습이 느린 듯하나 침착하고 차
분하게 뚜벅뚜벅하다

뜨근ㅎ다: 성질이 듬직하고 차분하다

코시롱ㅎ다: (맛, 냄새 등) 비위에 맞아 고소하고 만족
하다

베지근ㅎ다: (맛, 국물 등) 비위에 맞아 깊은 맛이 있고
만족하다

지그뭇ㅎ다: 검질기다. 이유를 불문하고 응하지 아니하
다

(감탄사) ㅇ따가라: 상대방의 행동이나 말에 따라 부정, 놀라
움, 나무람 따위의 뜻을 나타내려 할 때 앞에 쓰는 말

ㅇ마떵어리: '어마 어쩌면 좋을까'의 뜻으로 너무 놀라
운 일을 당하였을 때 내는 소리

어쓩원: 아랫사람이 한 일이 마음에 차지 않아 낭패를
당했을 때 안타까워 내는 소리. '어 이게 웬일이야, 어
찌 이럴 수가' 정도의 뜻

탕강: 어린아이들에게 밑으로 굴러떨어질 수 있으니 조
심하도록 일깨우는 말

(어)쑤글라: 갑자기 차가운 것에 닿아 놀랐을 때, 급하
게 내는 소리. '앗 차가워' 정도의 뜻
(어)떠불라 : 갑자기 뜨거움을 느꼈을 때 급하게 내는
소리. 어린아이들에게 뜨겁다는 것을 알리는 소리. '앗
뜨거워' 정도의 뜻

제주방언은 시청각적 이미지가 강하게 나타난다. 제주방
언에 나타나는 시청각적 이미지를 살펴보면 뚜렷한 형태나
행동이 눈에 보이는 듯하고 소리까지 느낄 수 있다.

(동사) 친부뜨다(친해지도록 붙으다: 상태), 얼뚱싸다(얼이 담
길 정도의 괴로움을 당하다: 정도의 느낌), 아가리질ᄒ
다(거칠게 욕하는 소리·모양), 앙을랑앙을랑ᄒ다(투
덜대며 잔소리·모양), 홀터야단ᄒ다(정신없이 야단하
는 소리·모양), 기십세우다(기를 세우다: 모양)
(형용사) 돌미용ᄒ다(약간 달콤한 듯하다: 느낌), 어진어진ᄒ
다(어질고 어질다: 상태), 아도록ᄒ다(아늑하고 안정된
상태·느낌), 서난ᄒ다(가난하고 서러운: 상황), 사글
사글ᄒ다(묶어 놓는 감정 없이 다 풀어놓은 모양·소
리)
(감탄사) 기여기여('맞다'라는 긍정의 강조: 느낌), 아여나야더
리(나도 어쩔 수 없이 딱한 표정·느낌), 잘콴이여(속
시원하게 잘됐네: 마음)

제주방언은 반복어와 흉내말이 많다. 같은 말을 거듭 반
복함으로써 감정을 강하게 표현하는 어휘들이 아주 많다.

반복 표현은 주로 의성어나 의태어에 나타나는 특징 가운데 하나인데, 이는 흉내 대상의 다채로움을 보다 생동감 있게 표현하거나, 혹은 감정 상태를 격하게 나타낼 때 자주 사용되고 있다. 또한 제주방언 '-ᄒ다' '-거리다' '-대다'는 흉내말과 결합하여 새로운 말을 만드는 예가 상당히 많을 뿐만 아니라, 제주방언 '-ᄒ다' '-거리다' '-대다'가 갖는 의미 외에 반복의 의미를 더 가지고 있어, 흉내형식의 의미가 동작성인지 상태성인지에 관계없이 흉내말과 결합하여 반복의 의미가 있음을 알 수 있다.

북부기 뒈싸져도 궤양 굴으라

양전형

북부기 뒈싸져도 궤양 굴으라
아으도 금칠락 나도 추물락
시상도 춤막춤막 헴셰

똑기 경 파짝ᄒ멍 안 굴아도
ᄆᆞᆫ 귀 돋은 사름덜이여
ᄂᆞ 무사 부에나신고도 알아들은다

이논족족 ᄒᆞ염시믄
못 페울 일 ᄒᆞ나 읏나
ᄒᆞ다, 북부기가 막 뒈싸정

숨토멕이가 그차짐직ᄒ여도
울딱ᄒ지 말앙 궤양궤양 굴암시민
ᄆᆞᆫ덜 어름씰어 주기도 ᄒ다

부에 못 ᄎᆞᆷ앙 와제기믄
느만 숨ᄇᆞ뜨게 못ᄌᆞᆫ디곡
느만 폐라운 사름 뒈여분다

울럿이

오승철

누게 가렌 헤시카
누게 오렌 헤시카

고향은 고향대로
입 비쭉 코 비쭉 ᄒ는디

울럿이 정제무뚱을 감장 도는 ᄌᆞ냑 ᄉᆞ시

해녀콩 이와기

김신자

마은닛 우리 어멍

뱃소곱 나를 테젠

55

해녀콩 ᄒᆞᆫ 줌 먹고

바당에 튀어들엇다

해녀콩, 날 ᄇᆞᆯ끈 심언

시상 누팔 ᄌᆞᆫ딘다

　제주방언은 제주문화의 뿌리이며 혼(魂)이요, 제주 사람들
의 삶 자체가 깃들어 있는 소중한 언어이다. 어느 국가, 어
느 지역에서도 상상해 낼 수 없는 생소하고 독특하면서도
말맛이 깊다. 절해고도의 척박한 환경 속에서 외세의 지배
와 수탈을 겪으면서도 강인하게 살아온 제주 사람들의 역사
가 오롯이 제주방언에 녹아있음은 누구도 부인할 수 없는
사실이다. 제주방언 감정 표현의 유형에서 고찰했듯이, 너
무 소중한 언어인 제주방언이 소멸하지 않고 영원히 전승되
기 위해서는 제주방언의 옛 흔적을 간직하고 있는 노년층이
생존해 있는 기간 안에 방언 자료의 수집과 정리 등이 절실
히 필요한 과제라고 생각하며 마무리한다.

양시연

2019년 『문학청춘』 신인상
2022년 제1회 서귀포칠십리문학상 수상
정드리문학회 회원
제주문인협회 회원
오늘의시조시인회의 회원
바람집사람들 회원

손말

오십 대 중반에도 저렇게 예쁠 수 있다니!
그녀가 다녀간 날은 어김없이 비가 왔다
여태껏 한마디 말도 세상에 못 내뱉어본

그랬다 농아였다. 선천성 농아였다.
여성 상담하는 내게 무얼 자꾸 말하려는데
도저히 그 말 그 몸짓 알아듣질 못했다

나는 그날부터 수어手語공부 다녔다
기어코 그녀의 말, 그 손말을 알아냈다
그렇게 하늘의 언어 아름답게 말하다니!

도댓불

내일 비가 오려는지 노을이 참 곱다
이런 날 포구는 참았던 말 문 트이고
견디지 못한 그리움 심장마저 붉어진다

처음 나가는 배가 켜고 끝에 오는 배가 끈다는
자구내포구 저 도댓불,
왜 꺼져 있는 걸까
어쩌면 오래전부터 고기잡이 안 나갔나 봐

파도도 기웃대다 스을쩍 그냥 가고
기다리다,
기다리다 못한 갯메꽃
노을빛 따라 올라가 제 몸 살라 불 켠다

돌아오지 못한 영혼 있기는 있는 걸까
도댓꽃 보려나
위리안치 내 사랑
이 가을 끝물쯤에는 저 불 마저 끄고 싶다

송강 은배

배고픈 건 참아도
술을 어찌 참을까

세상에 하나뿐인
밴댕이 같은 은잔

기어이
은배 만들어
달덩이를 실었을까

적당한 핑계

용수리는 내 고향
떠나는 땅이었다
저마다 수평선을 안 넘으면 안 되는 듯
가서는 그저 그렇게 돌아오질 않았다

얼굴이며
이름마저 가뭇가뭇 잊힐 무렵
적당한 핑계를 대며 친구들이 돌아온다
반세기 거슬러 와서 동창회가 열리다니!

그래,
용수리는 돌아오는 땅이다
그 옛날 〈라파엘호〉도 괜히 여기 흘러왔을까
반도에 첫 미사 드린, 돌아와야 하는 땅이다

부활절 아침

그냥 가도 좋으련
아주 가도 좋으련
섬 건너 오름 건너 담장 건너 마당까지
온 세상 메아리 돌 듯 돌고 도는 돌림병

내 남편은 어디서 어떻게 걸렸을까
세상에 반항 한번 해 본 적 없었기에
순순히 받아들였나,
전단지 받아 들 듯

아침저녁 겸상하고 숟가락 바꿔 봐도
스스로 네 인간성 네가 알거라는 듯
내게는 구원의 손길 내밀지를 않는다

나비

날'비'자에
모기'문'자
나에게 날아왔네

반평생 헤맨 사랑
이제 제 짝 찾은 걸까

허하마
이제 허하마
내 첫사랑
나의 비문飛蚊아

따라비 물봉선

따라비 가는 길은 묵언정진 길이다
그것도 가을 하늘 단청 펼친 오름 앞에
어디에 숨어있었나, 놀래키는 물봉선

그래 저 떼쟁이 예닐곱 살 떼쟁이야
선천성 농아지만 그래도 소리는 남아
어마아, 어마 어마아 그때 그 소리는 남아

그때 그 소리만 붉디붉은 꽃으로 피어
꽃을 떠받치는 저 조막만 한 하얀 손
나에게 손말을 거네. 어마아 어마어마

김미영

2021년 『시조시학』 신인상
2019년 서귀포 문학작품 공모전 수상
제주문인협회 회원
오늘의시조시인회의 회원
바람집 사람들 회원

어느 등짝

누가 이 섬 안에 부려놓은 바위인가
녹동항 배에 실려
아버지 등에 실려
열세 살 소년의 눈에 여태 남은 어느 등짝

여기까지 업고와 등을 돌린 그믐달
칠십 년 흘렀지만 단 한번 보지 못한
아버지 그리고 어머니
그리운 서울 한쪽

창파에 떠 있지만 소록소록 소록도
한센병의 섬에도 연애질은 있었나 보다
눈 한쪽 귀 한쪽 없어도 비익조比翼鳥 사랑은 남아

때마침 후드드득 한 소절의 소낙비
팔뚝에 낀 우산으로 외려 나를 받쳐준다
한시도 내리지 못 한 십자가 같은 저 등짝

군산고모

여태껏 흰 빨래는 널어보지 못했다
경암선 철길 따라 다닥다닥 들어선 집
기차도 여기선 슬쩍 신음 한번 하고 간다

'가수 된다' '가수 된다'
집 밖으로 나돌더니
어느 네온 불빛에 정분이 났나 보다
이따금 생선 내에도 헛구역질할 때 있다

쇠말뚝 돌고 돌 듯 돌고 도는 군산 언저리
먼발치서 등교하는 그 모습만 훔쳐본다
어느새 저렇게 자라 장가간다는 저 녀석

"식장엔 오지 마세요" 툭 내뱉는 외마디
초기 암 진단에도 울부짖던 고모가
'고맙다' '고맙다' 하며 끌고 가는 저녁놀

섬 잔디 지듯

아침에 문안 인사 저녁에 소쩍소쩍
소쩍소쩍 소쩍소쩍 그 소리 되돌아와
황사평 섬 잔디 지듯 그렇게 소쩍소쩍

가야호 삼등칸에 실어놓은 연륙의 꿈
어쩌다 사라봉 기슭 둥지를 틀어놓고
백구두 날 선 백바지 한량 같은 내 아버지

반세기 세월 따라 영평동 끝자락에
순리이듯 반역이듯 그렇게 나란히 묻혀
그 옛날 순댓국 냄새 소쩍소쩍 되돌아온다.

"왜 참고만 살았어요?" 철없는 내 물음에
"실은 말이야 늬 아버지 내가 더 좋아했다."
어머니 고백성사를 나도 따라 해본다.

홀어멍 국수집

누구나 그렇게들 살아낸다 하지만
변소 표 공동수도
걸쭉한 욕 한 바가지
국수 맛 소문난 그 집 서문시장 한 귀퉁이

홀어멍집,
화투패도 딱 맞아떨어진 날
족발에 쌀막걸리 흥얼흥얼 탑동바다
그때쯤 어느 단골의 수작질도 보인다

하굣길 삼삼오오 재잘재잘 단발머리들
슬쩍 기운 사내 어깨,
"아빠 온댄 전화 왔어요"
새초롬 말 둘러대며 문 쾅 닫는 다락방

아버지도 저렇겠지 저렇게 기울겠지
이왕 그럴 거면 그 바람기도 놓아주지
어머니 술주정 같이 왔다가는 저 파도

두륜산에 걸린 봄

나는 왜 땅끝에 와도 북쪽만 보는걸까
굽이굽이 두륜산 둘러앉은 봉우리들
그 속에 땅나리 같은 대흥사도 피었다

그래서 내 발길도 예까지 왔었나 보다
그댄들 연리근 앞에 약속 한번 없었을까
물소리 굽이쳐가도 여태 남은 저 낮달

때마침 장삼 자락 어느 청춘 걸어 나와
종 한번 고백 한 번 당 목에 실어낸다
내 가슴 그리움 실어 그리움에 메아리 실어

기러기 통신

어머니 서랍에는 기러기 울음이 있다
서른 해 전 외상으로 놓고 가신 호마이카 농
반쯤은 칠 벗겨져도 그 울음이 묻어있다

때아닌 역병으로 집안에만 갇힌 날
방청소 하다말고 슬그머니 당긴 서랍
물 건너 내가 보냈던 그 전보를 내가본다

열 글자에 오십 원 '납부금 급 송금 요망'
원고지 첫 줄에 뜬 가을하늘 기러기떼
저 하늘 한 줄로 줄여 유서처럼 품고 있다

티켓다방

때로는 저 티켓이 희망인 걸 나는 안다
진눈깨비 몇 차례 질척질척 다녀갈 뿐
며칠째 역병 탓인가 인기척 하나 없다

기역자 떨어져 나간 사십 년 된 '오다방'
오늘도 공쳤다는 아가씨들 껌 씹는 소리
보온병 태우고 나갈 오토맨도 공치는 날

어쩌다 이런 날에 술 냄새 들어서면
떡밥에 잉어 떼처럼 죽자 살자 달겨든다
오로지 이 밤의 비상구 티켓 한 장 낚는 일

아버지도 저랬겠지 저렇게 뜯겼겠지
한쪽 눈 바람기를 여태 못 재웠는지
집으로 가다가 말고 새어버린 백구두

회원작품

김현진

2022년 『시와소금』 신인상
2021년 제3회 제주어문학상 수상
바람집 사람들 회원
시와소금 작가회 회원

꽝에는 꽝

감수꽝
오람수꽝
오일장 동태 할망
벵삭벵삭 웃지만 한 손에는 무쇠 칼
얼마꽝?
대답 대신에
도마 찍듯 대가리 꽝!

동문아리랑 1

까만 손톱으로 하얗게 깐 쪽파 몇 줌
그 옆에 마른 고사리 오분작도 한 접시
맨바닥 봉다리 행렬 아리아리 동문시장

장사가 뭐 별건가 궤짝만 엎으면 되지
명함 한 장 내밀듯 간판마다 고향 이름
"상 갑써, 싸게 줄랑께" 반반 섞인 사투리

나는야 서울 토박이 어쩌다 흘러와서
'오메기' 뜻도 모른 채 오메기 오메기떡장수
아리랑 동문 아리랑 내 곡조도 섞인다

동문아리랑 3

새벽 네 시 시장은 고기 비늘 반짝인다
공판장 파도 소리 만 원 떼기 생선 상자
간밤에 어느 바다를 헤매다 온 것일까

"아이고 조캐 왔는가"
"아주망도 옵디강"
볼락 장수 할아버지 볼락만 한 눈으로
한 마리 덤이 없어도 분주한 저 발길들

총각 때 무작정 탄 제주 뱃길 안성호
"아이들 다 떠난 자리 좌판대만 남았제"
50년 섬에 살아도 여태껏 '육지 것'이네

하나둘 마스크만 떠다니는 동문시장
볼락볼락 버텨온 볼락 장수 할아버지
"봅써게, 공짜 아니꽝 "
밑밥을 또 던진다

콧구멍 도둑

사나흘이 멀다 하고 들어서는 친정 길
올레길 돌담 따라 살짝이 여문 텃밭
찜해 둔 애호박 몇 개 자루에 따 넣는다

대대로 내려오는 상할머니 백자 다기
처녀 적 놋숟가락
갓 짜놓은 참기름
서랍 속 은가락지도 군침 한번 삼킨다

모른 척, 모른 척하며 건넌방 코 고는 소리
콧구멍이 넓어서 수저통 딱 좋겠다
아버지 잠드신 얼굴 슬쩍 한번 만져본다

관심술

못 보던 점박이 생선 좌판에 올랐기에
몸통에 뜬 보름달 슬쩍 봤을 뿐인데
정말로 그랬을 뿐인데 담아주며 "2만 원"

모처럼 "엄마 예쁘네?" 농 한번 했을 뿐인데
"기어이 첫 남자를 가슴에 품었다는 거지?"
정말로 점장이 같네 아직도 모르겠네

우수리

어머닌 사과 한 알 사각사각 깎더니만
반 잘라 "네 오빠 줘라"
또 반 잘라 "네 조카 줘라"
나머지 사 분의 일 쪽 "니들 나눠 먹어라"

햐! 이것 봐라 그러니까 그게 그런 거로군
장남은 생의 절반,
장손은 또 그의 절반
니들은 나머지란다 우수리 같은 딸들 넷

동문아리랑 4

눈 감고 걸어도 안다 동문시장 1번 출구
이쯤에선 호떡집 또 여긴 옥수수 집
그중에 코시롱한 냄새 '할머니네' 빙떡 집

할머닌 어디 갔나 대신 나온 월남 며느리
엄마 얼굴 동무 얼굴 메밀 반죽 부쳐놓고
무나물 월남 노래도 슬쩍 끼워 말아낸다

그리운 고향에선 월남쌈을 또르르
시집온 땅 제주에선 빙떡을 빙그르르
때때로 서툰 제주 말 "빈떡 호나 싼 가써"

8천 리 월남 길도 빙빙 돌아가는 그 길
마당 가 고추잠자리 솥뚜껑 엎어 놓고
토막 무 돗기름 속에 혼자 도는 저녁 하늘

강경아

2023년 『시와 소금』 신인상
바람집 사람들 회원

쇠비름

감귤꽃 올 때 맞추나 쇠비름이 돋아난다
이른 봄 이랑이랑 자갈돌 같은 이야기들
한평생 어머니 설움 귤꽃으로 피어난다

지난밤 아버진 또 화투패를 만지셨나
어머닌 벌써 일어나 김을 매러 나가시고
천여 평 감귤밭에는 호미 끝 더 뜨겁겠다

내 삶도 편집하면 몇 줄 글이 남을까
대문도 하나 없고 감출 것 없는 골목 너머
맨땅에 쇠비름처럼 온몸으로 그린 한생

점괘타령

고향집 살구꽃은 반 만 펴도 환하다
숨바꼭질 아이들 그 소리도 환하다
숨죽인 단발머리에 피어나던 꽃잎들

한나절 굽이굽이 시장기 도는 골목
설익은 살구 맛도 몇 알 슬쩍 훔쳐내면
입 안에 신맛이 돌 듯 신맛 도는 내 인생

불호령 그 할망도 오늘따라 그리운 날
반세기 훌쩍 지나 몇몇이 다시 모여
침점이 튀어간 자리 점괘타령하고 있다

돌담 너머

산방산 구름 쓰면 비 온다는 속설 있다
아침 녘 발을 돋워 돌담 위로 보는 산
어머닌 산방산 보며 하루 일을 시작했다

오늘은 다리 건너 고구마 캐러 가는 날
저 산이 구름 썼는지 보고 오란 어머니
한마디 일기예보에 술렁대는 아침 시간

그렇다면 오늘은 산방산에 구름 썼겠네
이렇게 비 오는 날은 창문이 날 가둬놓고
갈수록 그리운 땅에 안부를 물어본다

어떤 고려장

팔순 노부부가 정기검진 받는 날
마지못해 투덜투덜 마중 나온 손자 녀석
병원을 나오자마자 "택시 불러놨어요"

하소하듯 손자에게 점심하자 하는데
대답도 건성건성 휴대폰만 만진다
기어이 고려장 하듯 택시 태워 잘 가란다

소나기

칠월 내내 참았던 비 먼 길 돌아오는가
세상 한 번 후려치고 창문에 와 적는다
기어코 살아 내자며 담쟁이와 하는 말

운동장이 울었다

운동장 한가운데 딱 마주친 선생님

"내년엔 중학교 가지?" 웃어주었을 뿐인데

그 말에 노을보다 먼저 운동장이 울었다

초가을 바다는 무슨 기도 바칠까

초가을
불배들은
뭐가 저리 간절한가

한바다
깊은 속을
온몸으로 끌어 올려

한밤 내
불을 사르네
제 몸조차 태우네

회원작품

고순심

2018년 제57회 탐라문화재 시부문 수상
2020년 『문학청춘』 신인상
2020년 제주어문학상 수상

녹슬어간다

이른 새벽 가로등 불빛이
골다공증 걸린 뼛속 앙상한 초가집을 비춘다
구멍 숭숭 뚫린 나무 문짝 거슬린 지붕
비뚤어진 문패에 희미하게 남겨진
정생丁生이란 이름으로 못 박혀 살아온 세월
제주의 비바람 온몸으로 버틴 초가에 새겨진
못 하나 녹슬어 헐거워진 이름으로 삐걱거린다
못처럼 꼬장꼬장하게 살았을 정생
그 자리에 박힌 채 녹슬어왔다
적막이 안개처럼 흐르는 새벽
유모차에 달그락거리는 공병空瓶을 다독이면서
앙상한 다리 휘청이는 그림자 질질 끌며 걷는다
이 새벽 무엇을 찾아가는 겐지
시간을 잊은 채 새벽을 건너는 초가집
녹슨 못 하나 삐걱거린다
고향집에서 저렇게 녹슬고 있을 어머니

고양이를 빌려드립니다

공중에서 저글링 하던 나른한 그림자
축 늘어놓고
골골골 발목을 휘감는

고양이를 빌려드립니다

똥을 싸고 파묻은 화단은 누구도 침범하지 못하는 혼자만
의 영역
장미의 노을빛 꽃술에 취해 낭창!

돌우물을 무료하게 떠도는 구름을 찢어버린 달의 손톱,
들러붙은 구름 조각 하나 털어내고
나비처럼 날아 벌처럼 쏘는 당랑권법은
대대손손 전해오는 가문의 비법秘法이랍니다

불안한 예감일수록 빗나가는 법이 없는 백발백중
오리무중인 수중
꿈틀거리는 외로움만 잡아요
알레르기에 취약한 침묵은 사양합니다

그리 달아오를 일도, 노여워할 일도 없는
싸늘한 콧날은 미지근한 콧김을 베어버리기에 안성맞춤
당신의 가슴에 세상 모든 꽃들이 다 죽고 장미꽃 홀로 붉
게 흐드러질 때

호젓한 장미 덩굴 아래 볕이 든 쥐구멍처럼
외로움이 뚫어버린 당신의 심장을 골골골
나른한 세로토닌으로 메워주는

고양이를 빌려드립니다

할머니의 방

삶은 콩나물 체에 받쳐 드는데
시루에서 떨어지는 물소리 또르르 들린다
할머니는 방안에서 콩나물을 기르셨다
대가리가 시루를 넘을 때마다
콩나물 같은 시간들
청상의 가슴 누르듯
꾹 꾹 누르며 물을 주신다
또르르 할머니 오줌 누는 소리
군용 담요 속에서 피어오르는
콩나물처럼 비릿한 할머니 내음
창호지를 바른 세살문 방 안에서 잠이 들면
이불을 꾹 꾹 눌러주며 뱉던 혼잣말
비릿한 적삼 내음이 코끝에 스친다
자식 키우듯 콩나물 키우며 살아온
헐거워진 동굴의 결로結露
콩나물시루에서 물 떨어지는 소리 날 때면
할머니 오줌 누는 소리 함께 들린다
또르르 잠결에 들린다

유행포차

비늘을 걷어내고 다진 물회를 떠올리는 건
다 갉아 먹힌 어머니를 떠올리는 일
유행포차에서 질근질근 씹는 어금니 사이로
가끔씩 걸리적거리는 어머니 생의 조각들
울음으로 쏟아질 것 같은 말을 걸러내면서
레몬 술잔 위로 떠 오르다 다시 가라앉는 어머니
노오란 미소 단숨에 들이켜면
바로 튀어 오르는 어머니의 숨비소리
난바다를 튀어 오르다 잡혀 온 자리돔 껍질은
뒤뜰 귤나무 아래 조그만 불빛에도
어머니 눈빛인 듯 번뜩거리지
어머니의 일주기를 보내고 왔노라며
얼굴이 둥둥 떠다니는 술잔을 단숨에 들이켜며
어금니 사이에서 걸리적거리는 생生을 걸러내면서
술잔 표면에 핑그르르 도는 이슬방울
까끌거리는 비늘을 소매로 쓰윽 훔치고 마는
유행 지난 유행포차에서

그리운, 까망

창문을 타고 밤이 흘러내립니다
유리창에서 커피 내음이 납니다, 까아만
그대의 시선으로 로스팅한 어둠을 한 잔 내밀면
쌉싸래한 내음으로 다가오는 그대 숨결
아무것도 넣지 않은 순수한 까망
시큼한 어둠이 목젖을 넘어올 때
입안 가득 부서지는 무수한 낱말들
손잡이가 부러진 머그잔을 두 손으로 감쌀 때
문득 등 뒤를 감싸는 그대 심장 소리
숨이 멎을 것 같은 고요를 두드리며
마실 때마다 한 모금씩 다가오는 짙은 발자국
급하게 마시다가 입술이 데지 않도록
그대 발자국이 후루룩 달아나지 않도록
김 서린 예가체프 G2*향을 삼키며
어둠 속 더듬어 불면으로 가는 길, 까아만
입맞춤으로 안부를 전합니다
오늘같이 비 내리는 밤이면
밤새도록 어두워지는
그대 향기 혀끝에 감겨 오는 까아만

* 에티오피아 산産으로, 커피의 귀부인으로 불리며 향긋한 꽃향기와 풍부한 과일
  향을 가지고 있는 모카계열의 커피

뫼비우스의 띠

황혼 즈음 붉은 꽃을 가슴 깊이 숨겨둔 갑옷이라고 하고 흐릿하게 멀어져가는 한 사람의 눈빛을 감추는 안경이라고 하고 세상은 참 좁지만 80 C컵의 가슴으로 보아야 하는 거라서, 숫자 뒤에 알파벳 대문자로 크기를 매기는 거라고 웅얼웅얼 사방으로 내달리는 그녀의 말들을 간신히 가두고 잡아당기는 신경의 끈 만약, 어깨끈이 없으면 마냥 흘러내린 갑옷의 끝은 어디일까? 그녀는 가끔 한 손을 어깨 위로 올려 꼬인 끈을 바로잡으려고 하는데 한 번 꼬인 운명은 영원히 풀 수 없는 수수께끼와 같아서 막연한 당신의 침묵처럼 겉과 속을 알 수 없는 뫼비우스의 띠와 같아서 서로에게 닿을 수 없어 그리움에 미어지다가 결국 다음 생에 만나야 띌 수 있는 심장이라면, 먼 생을 돌고 돌아온 해지는 언덕에서 가시를 잔뜩 세운 채 붉게 일렁이는 꽃을 당신은 알아보기나 할까?

허천 올레

먼올레로 왐신가
신장 짚은 소곱이서 시상 베꼇더레 걸어 나완
술 혼 잔에 흥창거리는 늦인 낮후제 누렁훈 구두

진진훈 주냑해 자울락거리는 올레 끗뎅인 멀명도 가차운디
오랜만이 무실 탓에 웬착으로 훈 발짝 노단착으로 두 발짝
이레착저레착 걸어가는 소랑 기려운 누렝이에 눈공주가
으슬랑으슬랑

새 신을 신엉 퀴어보게 폴짝
담돌을 눌아 올르는 춤생이 데뗑이가
하늘꼬장 가는 이와기

춤생일 좇아가단 강셍이 펀찍훈 하늘더레 쥮어대는
게춤 보뜨는 소리
곧 죽어도 술탓은 아니옝 호멍 그노무 신 따문이옝 신 따
문이옝만

새 신을 신엉 퀴어보게 철퍼덕

푸더지는 누렁이에 설룬 눈빗은
어정어정 지나가는 불고롱ᄒᆞᆫ ᄌᆞ냑해
구두에 맞인 발이 싯기는 홀 건가
이 시상 왓단 가긴 ᄒᆞ여신가

피어본 적이 엇인 젭시꼿 불고롱ᄒᆞ게 지는
ᄌᆞ냑해 질질 ᄆᆞ케멍 허천바레는 올레질
아버지 먼 올레로 들어왐신디사

등단회원

강경아

2023년 『시와 소금』 신인상
바람집 사람들 회원

고망낚시 외 2편

강경아

일곱 물 여덟 물이면 누가 가자 안 해도
첨대와 바구니들이 삼삼오오 바다로 간다
저마다 너른 돌 틈에 사람 하나 고망 하나

여름방학 아이들은 물 첨벙 웃음 첨벙
보들락, 패감생이, 이름 모를 고기들까지
첨대에 미끼만 뜯고 달아나는 저 바다

저 아들 저 등짝이 서너 번쯤 벗겨져야
방학이 끝난다는 그 말 아직 맴도는데
어머니 그 잔소리가 동생에겐 빈 소리였나

그래도 아침상엔 비린내가 풍겨났다
내 평생 물고기를 한 마리도 못 낚았지만
아이들 다 떠난 자리 입질하듯 툭툭 휴대폰 진동

은빛 골목

골목이 은빛으로 파닥이는 날이 있다
새벽녘 선잠을 깬 천제연 은어들이
아버지 통발에 갇혀 골목으로 들어왔다

몇 마린 서녘집 삼촌 몇 마린 동녘집 할망
이웃집 밥상마다 비린내가 번져가고
예닐곱 소녀의 마음 뿌듯한 마을 한켠

집 뜨고 사십여 년 들어가 본 골목길
더러는 집 떠나고 또 더러는 이승 떴나
저 개도 내가 낯선지 짖다가 반기다가

천제연

언제나 내 등에는 물소리가 걸려있다.
위미리 바닷가나 신제주 흘천변에도
아파트 외벽을 따라 물소리가 얹힌다

장맛비가 당도해야 쏟아지는 1단폭포
때맞춰 아이들도 연달아 속곳이한다.
헛기침 어른도 짐짓 발을 슬쩍 들이민다

까르르 아이들 웃음 2단폭포로 떠밀리면
그 곁을 살짝 비켜 여자애들 놀이터다
물항아리 채우고 나면 저물도록 내 세상

마침내 웃음소리도 고요해지는 3단폭포
돌챙이 아버지가 고여 놓은 돌계단
사십 년 먼 길 돌아와 내 손 슬몃 얹어본다

꿈틀대는 시어를 낚아 올리고 싶다

　뭐니뭐니 해도 여름방학의 백미는 고망낚시다. 중문바다
도 그랬다. 나보다 두 살 밑인 동생도 고망낚시를 하느라 등
가죽이 두세 번은 벗겨져야 방학이 끝나곤 했던 것이다. 그
야말로 깜부기처럼 까맣게 탄다. 게나 새우, 집게 등을 미끼
로 갯바위 사이로 낚시를 드리우면 돌우럭, 보들레기 등 까
만 물고기들이 올라오곤 하였다. 저녁이면 우리 집 생선 졸
이는 냄새가 골목 안에 퍼져 나갔다. 예까지 와 돌아보니 내
고향에 빚진 게 참 많다. 천제연에서 또래들과 깔깔대며 물
장구치던 일이며 중문 바다에서 참보말에 이르기까지….

　언젠가는 더 사랑해주고 더 가까이하면서 그 빚들을 갚아
나갈 것이다

　내 짝과 함덕바다로 가던 중에 당선 소식을 접했다. 몇 굽
이 파도가 세차게 부서지는 것 같았다. 내 안에 가장자리에
서 시원하게 젖어오는 그 물결 소리.

　시조를 만난 지도 꽤 오래되었다. 나에게 시조는 창작에
그치지 않고 어떤 일의 풀고 맺음을 알게 하였고, 내 삶을
돌아보는 어떤 계기가 되었다고 할 수 있겠다. 조심스럽게
받아 든 당선에 누가 되지 않도록 시조의 정형 안에 즐겁게

잘 보내 볼 생각이다.

내 짝의 어깨너머로 오랜 시심이 흘렀다. 그게 사십 년이다. 그 과정 과정에서 내가 조금 더 관심을 가졌으면 얼마나 좋았을까 하는 생각이 든다. 하지만 지금이라도 늦지 않았을 것이다. 언제나 든든한 동반자가 되어주는 시연언니, 미영, 현진이. 그리고 순심이도 곁에 있고 사랑하는 내 자녀들의 응원까지 들리니 말이다.

시와 소금과 심사위원님들께 감사를 올린다.

시절 인연의 풍경과 연민

— 김미영 시인의 시세계를 바라보다

강영란

시절 인연의 풍경과 연민
— 김미영 시인의 시세계를 바라보다

강영란(시인)

　나는? 당신은? 서랍에 어떤 울음을 감춰 놓고 사는가? 왜 서랍처럼 안으로 파고드는 것들은 돌연하고 뜻밖인 날 울컥하고 쏟아지며 뜨거워지는 것인가. 아슬아슬하고 아슬했던 것들.

　송재학 시인은 사물 A와 B에서 "개울 물소리를 한 번도 보거나 들어보지 못한 사람에게 개울은 필사적으로 흐르지 않는다"고 하였다. 시인은 흐르는 개울 물소리를 필사적으로 듣는 사람들이다. 그리고 그 들은 물소리를 다시 들려주는 사람들이다. 오늘 우리가 들은 소리는 오래된 서랍을 열면서 끼룩끼룩 듣는 '납부금 급 송금 요망'이다. 저 절박한 전보가 도착하기 전 납부금을 냈다면 그랬다면, 그랬었다면 무엇을 놓친 것들의 배후가 찬서리 맞으면서 푸덕푸덕 날아오른다. 하필 보리쌀 그려진 오십 원 동전, 어머니 눈물이 섞여들어 배고픔이 밀려든다.

시조는 음수의 제한이 따르는 율격을 모티브로 한 일종의 정형시다. 박재삼 시인이 "시조는 말할 나위 없이 가락의 문학이다"라고 했다. 제한된 글자 안에서 부단히 노력하고 발전하면서 독자들에게 다가가기 위한 노력을 쉼 없이 하는 게 요즘의 시조들이다. 글의 평을 써달라 부탁을 받고 이 작품, 저 작품 뒤적이며 시조집을 꺼내 읽다가 박재삼 시인의 작품을 또 읽는다.

그래 시조는 그렇지 친구의 사랑 이야기를 따라가다 어느새 등성이에 이르러 눈물 나는구나. '울음이 타는 가을 강' 앞에서 나는 또 왜 쓸데없이 남의 사랑 이야기에 친구도 아니면서, 일면식도 없으면서 아리아리 눈물 나는구나. 어디에서 튀어나오는지 모르는 아리아리 추임새 음절까지 붙여가면서 작품을 서너 번 읊조린다.

어머니 서랍에는 기러기 울음이 있다
서른 해 전 외상으로 놓고 가신 호마이카 농
반쯤은 칠 벗겨져도 그 울음이 묻어있다

때아닌 역병으로 집안에만 갇힌 날
방청소 하다 말고 슬그머니 당긴 서랍
물 건너 내가 보냈던 그 전보를 내가 본다

열 글자에 오십 원 '납부금 급 송금 요망'
원고지 첫 줄에 뜬 가을하늘 기러기떼
저 하늘 한 줄로 줄여 유서처럼 품고 있다
　　　　　　　　　　　　　　　　　- 김미영, 「기러기 통신」 전문

좋은 시조는 이런 거지 작가가 선창하면 독자가 후창하는……. 좋은 작가는 독자로 하여금 귀명창이 되게 한다. 열 글자에 오십 원 납부금 급 송금 요망 띄엄띄엄 띄어 놓은 글자들이 귀명창까지는 아니더라도 개울물 위에 놓인 징검돌 같다. 어떤 대상의 내부 세계와 만난다는 것은 저렇듯 필사적이어야 한다. 개울물 소리 들을 수 있게 오늘 시인은 징검돌 위에 우리를 데려다 놓는다. 나는 징검돌 위에서 작가의 경험과 비슷한 기억을 기억해 낸다. 기러기 울음소리를 내며 지나갔던 과거들이 다가온다. 곱씹어 읽을수록 더 좋아지는 작품들을 쓰기 위해 작가는 오늘도 고군분투 중이리라.

때로는 저 티켓이 희망인 걸 나는 안다
진눈깨비 몇 차례 질척질척 다녀갈 뿐
며칠째 역병 탓인가 인기척 하나 없다

기역자 떨어져 나간 사십 년 된 '오다방'
오늘도 공쳤다는 아가씨들 껌 씹는 소리
보온병 태우고 나갈 오토맨도 공치는 날

어쩌다 이런 날에 술 냄새 들어서면
떡밥에 잉어 떼처럼 죽자 살자 달겨든다
오로지 이 밤의 비상구 티켓 한 장 낚는 일

아버지도 저랬겠지 저렇게 뜯겼겠지

한쪽 눈 바람기를 여태 못 재웠는지
집으로 가다가 말고 새어버린 백구두
                          - 김미영, 「티켓다방」 전문

　시인의 두 번째 작품 "티켓다방"은 또 다른 절룩이는 과거
이다. "기러기 통신"이 무책임한 가장을 대신해 힘들게 가정
을 책임졌던 어머니에 관한 작품이라면, "티켓다방"은 묘하
게도 아버지에 대한 안쓰러운 분노가 피어오르는 작품이다.
　죽어도 집에서는 김치만 올려진 밥상은 안 받고, 죽어도
읍내에 나가면 "오"다방에 들려 싸구려 향수 냄새를 좀 묻
혀주고 백구두를 신고 머리에 동백기름쯤 발라주고, 시인의
어릴 적 아버지는 시인에게 수도 없는 원망이 생기면서도
동시에 어느 한구석 어깨 으쓱거리게 하는 대상이었으리라.
그렇게 늙은 아버지는 기역자 간판 떨어진 "오"다방이 되어
안쓰러운 분노를 일으킨다.

　최백호의 '낭만에 대하여' 노래가 생각난다. 그야말로 옛
날식 다방에 앉아 이제 와 새삼 이 나이에 명옥이든, 춘옥이
든, 현옥이든 세상에 모든 옥들과 윤동주가 별 헤는 밤 주야
장천 노래했던 패, 경, 옥 같은 이국 소녀들. 모든 젊은 날의
첫사랑이었던 옥들 곁에서 못다 한 그리움쯤 간직한 채 서
서히 늙어가 주시는 아버지.
　시를 읽고 났더니 박현덕 시인의 시 「스쿠터 언니」도 생각
났다. 아마 오토맨과 스쿠터의 연상 작용이리라.

노란색 스쿠터를 몰고 나간 다방 언니

〈중략〉

소읍의 삼거리 지나며 또 바람 소릴 듣는다

허기진 배 움켜쥐고 얘기 나누고픈 철물점과
간판이 너덜거리는 역전 광장 이발소와
언니는 버스 터미널까지 물음표를 찍고 온다

노란색 스쿠터가 거리를 달릴 때면
끝내는 어지러워, 날갯빛이 노랗다
더듬이 힘들게 세운 노랑나비 우리 언니
                    – 박현덕, 「스쿠터 언니」 부분

굳이 박현덕 시인의 작품 일부를 옮겨 적어 본다. 티켓다
방이 어느 한 부분만 묘사해서 걸린 정물화 같은 작품이라
면 비슷하면서, 다른 유형인 스쿠터 언니는 풍경화 느낌이
나는 작품이다. 그만큼 활달하고 소읍의 거리가 시끄럽게
들린다. 힘들게 보이면서도 부릉부릉 달리는 경쾌함도 보
인다. 읽는 시간마다 다른 상상력을 불러일으켜서 작품을
읽는 재미를 배가시킨다.
　힘든 날 읽으면 힘들고 기분 좋은 날 읽으면 노란 스쿠터
가 신나게 달리고 정물화로 읽히는 티켓다방도 읽는 재미가

나름 쏠쏠하다. 술 취한 사람이 들어서면 죽자 살자 달려드는 모습이 삶의 치열한 한 부분으로 읽힌다. 물론 작가에게 아버지란 존재가 화가 나는 존재일지언정 그 아버지는 다른 삶을 사는 사람들에게는 또 다르게 읽힌다. 독자는 작품을 읽을 때면 한번은 다방 주인이 되었다가, 여종업원이 되었다가 한번은 백구두의 딸이 되었다가 여러 가지 상상을 불러일으킨다.

세월이 다 그렇지 뭐. 옥에서 오로 변하는 사이 소녀들은 아가씨들이 되고, 껌도 좀 씹어주고 불법적인 냄새도 조금 풍겨주면서 "티켓다방"의 하루가 참 분주하다. 꿉꿉한 냄새 풍기는 지하 1층 이거나 붉은색 천에 둘러싸여 담배 냄새 찌든 2층 창가 옆 구석 자리로 또각또각 걸어 들어가는 아버지의 '백구두'와 '납부금 급 송금 요망'을 받아 든 떨리는 어머니의 손이 오버랩되면서, 한 집안의 가정사가 작품 두 편에 나누어져 적나라하게 펼쳐진다.
참으로 불쌍하고 답답했던 어머니와 분노에 뒤섞인 채 동경의 대상이 되던 아버지 한 시대가 출렁이며 흘러간다. 어느 곳은 허물어지고 또 어느 곳은 돋을새김 되면서….

〈제1회 서귀포칠십리문학상〉 수상작

양시연

서귀포

양시연

가을이면 가겠네 풀내음도 시들 즈음
섬 따라 오름 따라 서귀포로 가겠네
칠십리 갈매기마냥 꺼룩 울고 가겠네

어머니 젖무덤처럼 흔적이 된 대륙의 꿈
백록담 돌매화도 팔랑팔랑 산굴뚝나비도
빙하기 그 고향으로 돌아갈 꿈을 꾸네

홍해를 갈랐다지
그 사내 그 지팡이로
한라산도 그렇게 그 누가 갈랐을까
한 생애 못 간 길 같은 푹 패어 진 산벌른내

백록담이 '맏'이라면 쇠소깍은 '깍'이겠네
맏과 깍 그 사이에 칠십리 길이 있네
가겠네, 돈내코 건너 효돈천 쇠소깍으로

******

서귀포에는 해변을 잇는 칠십리만 있는 것이 아닙니다. 백록담에서 쇠소깍으로 이어지는 수직의 칠십리도 있습니다. 바로 효돈천입니다.

백록담에서 방애오름을 휘돌아 산벌른내를 거쳐 돈내코를 지난 효돈천은 쇠소깍에서 바다와 만납니다. 시인은 그 물길을 따라, '맏'에서 그 마지막 '깍'까지 눈길을 옮깁니다.

본래 제주는 빙하기 때 한반도와 연결되어 있었다지요. 한반도에서 만주벌판과 시베리아를 넘나들었을 산굴뚝나비와 돌매화는 이제 백록담 그 어디쯤에서 아직도 그 옛날 대륙의 꿈을 꾸고 있나 봅니다.

시인은 '모세의 지팡이'를 휘둘러 홍해만큼 웅장한 '쩍 벌어진 내'를 보여줍니다. 산벌른내는 빙하기의 그 그리움을 견디다 못해 쩍 벌어졌을까요?

가을이 오면 시인의 발걸음을 따라서 서귀포로 가봐야겠습니다.

양시연 시인의 「서귀포」가 제1회 서귀포칠십리문학상을 수상하였습니다. 한국문인협회 서귀포지부가 서귀포칠십리문학상 수상자의 작품을 고승익 교수에게 작곡 의뢰하여 시인의 작품을 아름다운 곡으로 감상할 수 있게 되었습니다.

– 김현진

편집후기

첫 동인지를 엮으면서
이승은 선생님을 모셨습니다.

바람집 사람들뿐만 아니라
시조를 사랑하는
모든 분들께도 큰 도움이 되리라 믿습니다.

한 사람 한 사람의 작품을 모으면서
출발할 때
설레고 두렵던 마음도 함께 녹였습니다

동인지 창간으로
움츠러드는 바람집이 아니라
당당히 교류하는 바람집이 되고자 합니다.

풋내기들을 위해
귀한 시간 내셔서 대담해 주신 한림화 선생님
맛깔스러운 제주방언을 소개해 주신 김신자 선생님
울림의 언어로 시평을 해 주신 강영란 선생님
고맙습니다.

시조를 향한 꿈을 꾸게 해주신
오승철 선생님께 깊은 감사를 드리며
첫발을 내딛게 도움 주신 황금알 출판사도 고맙습니다

편집동인 일동

역사의 광풍에 온몸이 갈가리 찢겨
이제도 아파 우는 제주 섬 현대사도
이애자가 시로 엮으면 그 여운의 파동이 하늘 끝에 닿아
위무(慰撫)의 평화(平和)로 메아리 진다.

마치 시인이 사는 그 마을,
모살밭(모래밭)의 모래들 알알이
모진 시대의 바람살에 휘둘려도
온 우주를 타고 넘는 멜로디에 실어
아픔을 끌어안고 천년을 살아온 모슬포(摹瑟浦)처럼

그렇게 흔연하다.

시(詩)가 시인(詩人)인지
시인이 시인지 물아일체(物我一體) 그 자체가
이애자의 시세계이다.
이는 이애자의 시를 생산하는 시대정신의 반영이다.

– 한림화(소설가)

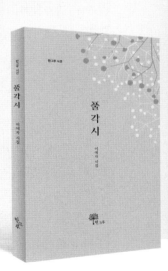

이애자 글 ・125×185 ・109쪽
10,000원 ・2022. 08.10

한그루　제주시 복지로1길 21 | 064-723-7580 | onetreebook.com

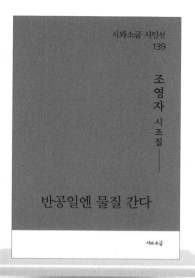

■ 시와소금 시인선 · 139

조영자 시조집

『반공일엔
물질 간다』

조영자_서귀포 강정 출생으로 1997년 한국방송통신대학교 국어국문학과 졸업했다. 2003년 《열린시학》 신인상 공모에 「돌가시나무」 외 4편으로 등단했으며, 2012년 「범섬을 따라가다」로 시조시학 제6회 젊은 시인상 수상했다. 현재 한국시조시인협회 이사, 정드리문학회 회원으로 활동 중이다.

조영자의 시조집 『반공일엔 물질 간다』는 한 사람의 제주해녀 목숨값으로 산 제주 섬 현대사에다 한 땀 또 한 땀 수를 놓아 '제주 여자의 일생을 아로새긴 생명의 노래'이다. 시들은 자신을 낳은 시인의 생에 대하여 다 그만한 사연으로 노래하고 있노라고 대변하는 듯하다. 한 소녀가 어른 여자로 변모할 때까지 제주해녀의 신분으로 순간을 영겁인 양 수긍하고 바닷속을 누빈 사연을 '태왁 장단'에 맞추어 흔쾌하게 부르는 그런 노래 말이다. (중략)

제주해녀가 살기 위해 바다의 안팎 어디에서 들숨과 날숨 사이에 숨겨놓은 죽음의 시간이 이렇게도 잘 갖춰진 라임(rhyme, 운)으로 선율을 완성했으니 한껏 청아한 사연인 양 노래를 하고도 남아 메아리진다. 한 사람의 서사적 자서가 이렇게 노래 모음 같은 한 권의 시조집으로 기록될 수 있음을 새삼스레 깨달으니 경외심이 절로 우러난다.

― 한림화, 「작품해설」에서

• 24436 강원도 춘천시 충혼길20번길 4, 시와소금 | ☎ (02)766-1195, 010-5211-1195
• 전자주소: sisogum@hanmail.net | 다음카페: http://cafe.daum.net/poemundertree

사람과 시가 그리운 날!

향짙은 커피가 그리운 날!

카페 **노연로117**
064-745-0117